大唐狄公探案全译

高罗佩绣像本

大唐狄公探案全译·高罗佩绣像本

黄禄善 / 主编

项链·葫芦

NECKLACE AND CALABASH

〔荷兰〕

高罗佩 / 著
By Robert Van Gulik

陆钰明 / 译

山西出版传媒集团　北岳文艺出版社
BEIYUE LITERATURE & ART PUBLISHING HOUSE

- 太原 -

图书在版编目（CIP）数据

项链·葫芦 /（荷）高罗佩著；陆钰明译 . — 太原：
北岳文艺出版社，2018.1(2018.9 重印)

（大唐狄公探案全译：高罗佩绣像本 / 黄禄善主编）

ISBN 978-7-5378-5484-9

Ⅰ . ①项… Ⅱ . ①高… ②陆… Ⅲ . ①侦探小说—荷
兰—现代 Ⅳ . ① I563.45

中国版本图书馆 CIP 数据核字（2018）第 001797 号

书名：项链·葫芦 ｜ 策　　划：续小强 ｜ 责任编辑：庞咏平
著者：〔荷〕高罗佩 ｜ 项目统筹：贾晋仁 ｜ 书籍设计：张永文
译者：陆钰明 ｜ 　　　　　庞咏平 ｜ 印装监制：巩璠

出版发行：山西出版传媒集团·北岳文艺出版社

地址：山西省太原市并州南路 57 号　邮编：030012

电话：0351-5628696（发行部）0351-5628688（总编室）　传真：0351-5628680

网址：http：// www.bywy.com　E-mail：bywycbs@163.com

经销商：新华书店　　　承印者：山西人民印刷有限责任公司

开本：890mm×1240mm　1/32　字数：124 千字

印张：5.875　版次：2018 年 1 月第 1 版　印次：2018 年 9 月山西第 2 次印刷

书号：ISBN 978-7-5378-5484-9

定价：23.80 元

　　《狄公案》是中国众多公案小说之一种，但是，随着高罗佩20世纪40年代对《武则天四大奇案》的译介以及之后"狄公探案小说系列"的成功出版，"狄公"这一形象不仅风靡西方世界，也使中国读者看到"中国古代犯罪小说中蕴含着大量可供发展为侦探小说和神秘故事的原始素材"，认识到"神探狄仁杰"，"虽未有指纹摄影以及其他新学之技，其访案之细、破案之神，却不亚于福尔摩斯也"。在西方对中国总体评价趋于负面的20世纪50年代，"狄公探案小说"不仅满足了普通西方读者了解古代中国社会生活的愿望，也在一定程度上让西方世界重新认识了传统中国，扭转了西方人眼中古代中国"落后""野蛮"的印象。从这个意义上来看，高罗佩对传播中国文化着实做出了很大的贡献，因此学界给予他很高的评价，将其与理雅各、伯希和、高本汉、李约瑟等知名学者并列为"华风西渐"的代表人士。

　　高罗佩是20世纪最为著名的汉学家之一，其语言天赋惊人，汉学造诣"在现代中国人之中亦属罕有"。高罗佩"狄公探案小说"的背景是久远的初唐社会，但讲述方式却是现代的，中国传统文化被润化在小说的情境中，服饰、器物、绘画、雕塑、建筑等中国元素以及其中所蕴含的中国文化，在不经意间缓缓流动着，构成一幅丰富多彩的中国图画，没有丝毫的隔膜感。小说创作的灵感来源于公案小说，但叙事却完全是西方推理小说的叙事。在整个案件的推演、勘察过程中，读者一直是不自觉地被带入情境中，抽丝剥茧，直到最终找出答案。这种互动式、体验式的交流方式，是高罗佩探案小说的成功之处，也是至今仍为广大读者喜爱的原因之一。

为了让读者能原汁原味地读到高罗佩"狄公探案小说"，体味到高罗佩笔下的中国文化和社会，我社邀请著名西方通俗文学研究大家黄禄善教授组织翻译了这套"大唐狄公探案全译·高罗佩绣像本"，以飨读者。

我社推出的"大唐狄公探案全译·高罗佩绣像本"以忠实原著为原则，译文更贴近于读者的阅读习惯，且完整保留了高罗佩探案小说创作的脉络，力图打造一套完整的"高罗佩探案小说"全译本。

"大唐狄公探案全译·高罗佩绣像本"共计十六册（包括十四部长篇，两部中篇，八部短篇），其中收入了高罗佩手绘的地图及小说插图一百八十余幅。书中的插图仿照的是16世纪版画的风格特点，特别是明代《列女传》中的形象。因此，插图中人物的服饰以及风俗习惯均反映的是明代特征，而非唐代。此外，小说中涉及大量唐代官职、古代地名等信息，虽经译者考证并谨慎给出译名，但仍有存疑之处，敬请方家指正。

愿我们的这些努力，能使这套"大唐狄公探案全译·高罗佩绣像本"成为喜爱高罗佩的读者们所追寻的珍藏版本。

北岳文艺出版社
2018年1月

一

　　20世纪与21世纪之交，西方通俗文学界一个令人瞩目的现象是历史侦探小说（historical detective fiction）的崛起。当时西方的许多主流媒体，如《纽约时报》《华尔街日报》《泰晤士报》《卫报》等等，连篇累牍地报道这类小说获奖的信息，有关小说的介绍、评论汗牛充栋。这些获奖作品的背景多半设置在一个历史久远的年代，中心情节是破解一个与谋杀有关的谜案，作者大都为历史学、考古学的专业人士，爱好文学创作。譬如保罗·多尔蒂（Paul Doherty, 1946—），当代英国著名历史学家，20世纪80年代末开始历史侦探小说创作，迄今已出版了八十多部以古希腊、古罗马、古埃及和中世纪英格兰为背景的侦探小说，其中《叛逆的幽灵》（*The Treason of the Ghosts*）被《泰晤士报》列为2000年最佳犯罪小说。又如琳达·罗宾逊（Lynda Robinson, 1951—），毕业于得克萨斯大学考古专业，擅长中东史和美国史研究，后在丈夫的鼓励下进行历史侦探小说创作，处女作《死神谋杀案》（*Murder in the Place of Anubis*, 1994）一问世即荣登"纽约时报畅销书排行榜"，接下来的十多本小说也一版再版，畅销不衰。再如加里·科比（Gary Corby, 1963—），澳大利亚历史侦探小说创作新秀，尽管作品数量不算太多，但已是2008年"柯南·道尔奖"得主，2010年问世的《伯里克利政体》（*The Pericles Commission*）又获"内德·凯利奖"（Ned Kelly Award）。凡此种种，正如《出版人周刊》2010年一篇评论所指出的："过去的十年目睹了历史侦探小说的数量和质量的爆炸。以前从未有过如此多的天才作家出版如此多的历史侦探小说，作品涵盖的历史年代和案发地点也从未如此宽泛。"[1]

不过，西方历史侦探小说的诞生并非从这个世纪之交开始。早在1911年，在美国作家梅尔维尔·波斯特（Melville Post, 1869—1930）的短篇小说《上帝的天使》（*The Angel of the Lord*），就出现过一个历史年代的业余侦探"阿布勒大叔"（Uncle Abner）；他生活在古老的弗吉尼亚边疆，是个牧场工人，和蔼、睿智的中年人，依靠圣经的道德标准和美国的法律精神破案。《上帝的天使》很快被扩充为拥有二十六个故事的侦探小说集《阿布勒大叔：破案高手》（*Uncle Abner, Master Mysteries*, 1918）。到了1943年，美国作家利莲·托雷（Lillian de la Torre, 1902—1993）又发表了以历史人物塞缪尔·约翰逊（Samuel Johnson）为侦探主角的短篇小说《英格兰国玺》（*The Great Seal of England*），她同样将该短篇小说扩充为有多个故事的侦探小说集《萨姆博士：约翰逊侦探》（*Dr. Sam: Johnson, Detector*, 1948）。在这之后，西方目睹了历史侦探小说的高速发展。一方面，英国作家阿加莎·克里斯蒂（Agatha Christie, 1890—1976）出版了古埃及背景的长

1　Lenny Picker. *Mysteries of History*, Publishers Weekly, March 3, 2010.

篇历史侦探小说《死亡终局》（*Death Comes as the End*, 1944）；另一方面，美国作家约翰·卡尔（John Carr, 1906—1977）又出版了拿破仑战争题材的长篇历史侦探小说《狱中新娘》（*The Bride of Newgate*, 1950）；与此同时，荷兰外交家、汉学家、收藏家、作家高罗佩（Robert van Gulik, 1910—1967）还推出了基于中国公案小说传统的系列历史侦探小说"狄公探案"（*Judge Dee series*）。这些单本的、系列的历史侦探小说的问世，为当代西方历史侦探小说的全面崛起做了有益的铺垫，尤其是"狄公探案"，采用长、中、短三种小说形式，数量多达十六卷，在东、西方均产生了持久的轰动效应，被认为是早期西方历史侦探小说的成功"范例"。[1]

　　"狄公探案"系列历史侦探小说始于1949年高罗佩的一本中国公案小说译作《狄公断案精粹》（*Celebrated Cases of Judge Dee*）。故事的侦探主角狄公（Judge Dee）在中国历史上实有其人。他名叫狄仁杰，生活在唐朝（618—907），一生为官，两次出任宰相，是所谓的青天大老爷。有关他廉洁自律、为民请命、秉公办案的故事很早就在民间流传。到了清朝末年，一位无名氏将这些民间故事整理成长篇公案小说《武则天四大奇案》（亦名《狄公案》或《狄梁公四大奇案》）。高罗佩在中国任外交官期间，对该书产生了浓厚的兴趣。他在进行了详细考据之后，将其中基本符合西方侦探小说传统的前三十回翻译成英文出版。之后，又亲自出马，尝试创作了以狄公为侦探主角的历史侦探小说《迷宫奇案》（*The Chinese Maze Murders*, 1952）。该历史侦探小说出版后，居然是本畅销书。从此，高罗佩一发不可收拾，先后接受芝加哥

1　Carl Rollyson. *Critical Survey of Mystery and Detective Fiction*, Revised Edition. Salem Press, INC, printed in USA, 2008, p.1783.

大学出版社及其他图书出版公司的稿约，继续创作了十五卷狄公案历史侦探小说。它们是：《铜钟谜案》（*The Chinese Bell Murders*, 1958）、《黄金谜案》（*The Chinese Gold Murder*, 1959）、《湖滨谜案》（*The Chinese Lake Murders*, 1960）、《铁针谜案》（*The Chinese Nail Murders*, 1961）、《红阁子奇案》（*The Red Pavilion*, 1964）、《朝云观奇案》（*The Haunted Monastery*, 1961）、《御珠奇案》（*The Emperor's Pearl*, 1963）、《漆画屏风奇案》（*The Lacquer Screen*, 1962）、《晨猴·暮虎》（*The Monkey and the Tiger*, 1965）、《柳园图奇案》（*The Willow Pattern*, 1965）、《广州谜案》（*Murder in Canton*, 1966）、《紫云寺奇案》（*The Phantom of the Temple*, 1966）、《太子棺奇案》（*Judge Dee at Work*, 1967）、《项链·葫芦》（*Necklace and Calabash*, 1967）、《黑狐奇案》（*Poets and Murder*, 1968）。这些"奇案""谜案"也全是畅销书，不断再版、重印，直至2014年，还有麦克法兰图书出版公司（McFarland）的新版本出现。

与此同时，"狄公探案"系列小说的影响又渐渐从美国、英国、加拿大、澳大利亚、新西兰延伸到法国、德国、西班牙、荷兰、瑞典、芬兰、日本和中国。1982年，甘肃人民出版社率先在中国推出了陈来元、胡明翻译的《四漆屏》（*The Lacquer Screen*）。紧接着，中原农民出版社、北方妇女儿童出版社、北岳文艺出版社、中国电影出版社、海南出版社、贵州大学出版社也各自推出了这样那样的狄公案全译本和节译本。各种各样的续集、改写本也不断涌现。"狄公探案"被多次搬上银幕，仅在中国大陆，就有电影《血溅画屏》（1986）、《恐怖夜》（1988）、《奇屏谜案》（2009），电视连续剧《狄仁杰断案传奇》（64集，1986）、《神探狄仁杰Ⅰ》（30集，2004）、《神探狄仁杰

Ⅱ》（40集，2006）、《神探狄仁杰Ⅲ》（48集，2008）、《神探狄仁杰Ⅳ》（50集，2013）。

二

　　作为早期西方历史侦探小说创作的一个成功范例，"狄公探案"小说系列展示了这一小说类型的诸多特征。首先，它是侦探小说，遵循侦探小说之父爱伦·坡（Allan Poe, 1809—1849）的"破案解谜六步曲"，亦即介绍侦探、展示犯罪线索、调查案情、公布调查结果、解释案情发生的原因和经过、罪犯的服输和认罪。其次，它又是历史小说，涵盖了历史小说之父沃尔特·司各特（Walter Scott, 1771—1832）所创立的大部分市场要素，如异国情调、哥特式气氛、英雄主义、骑士精神等等。而且，其作者本人，也像上面提到的许多当代历史侦探小说的作者一样，是个精通历史学、考古学的专业人士，只不过专业研究的对象，并非众人趋之若鹜的古希腊、古罗马或中世纪欧洲文明，而是当时并不被看好且有点冷僻的东方语言文化。

　　高罗佩，原名罗伯特·范·古利克，1910年8月9日生于荷兰聚特芬（Zutphen）。父亲是个医生，曾先后两次在荷属东印度（Netherland East Indies, 今印度尼西亚）服役。自小，高罗佩随父母侨居在殖民地，在当地学习汉语、爪哇语和马来语，由此对亚洲文化，尤其是中国文化产生了浓厚的兴趣。1923年，父亲退役后，高罗佩随全家回到荷兰，定居在奈梅亨（Nijmegen）。1929年，高罗佩从奈梅亨市立中学毕业，入读莱顿大学，主修东方殖民法律和（荷属东）印度学，以及中日语言文学，后又到乌特勒支大学深造，学习现当代中国史以及藏文和梵文，并以论文《马头明王诸说源流考》（*Hayagriva, the Mantrayanic Aspect of Horse-cult in China and Japan*）获得东方语言学博士学位。高罗佩的语言才能和专业知识很快得到回报。1935年，他被荷兰外交部录用为助理翻译，并被派驻东京，任荷兰驻日公使馆二等秘书。1941年，太平洋战争爆发，荷兰成为日本的对立面，高罗佩与其他同盟国的外交人员一道被遣离日本。1943年3月，他从印度加尔各答来到中国重庆，与那里的荷兰使馆人员会合，出任荷兰政府驻重庆大使馆一等秘书。其间，他结识了同在大使馆秘书处工作的中国名媛水世芳，两人结为伉俪，先后育有三子一女。战争结束后，高罗佩离开中国回到海牙，出任荷兰外交部政务司远东处处长，一年后又去了美国，任荷兰驻美使馆顾问。1948年，他被任命为荷兰驻日本东京军事代表处顾问，1951年又离开东京前往新德里，任荷兰驻印度大使馆文化参赞。1953年，他再次被召回，任外交部中东暨非洲事务司司长。1956年至1959年，高罗佩担任荷兰驻黎巴嫩全权代表，1959年至1962年又担任荷兰驻马来西亚大使。1965年，他作为驻日大使第三次被派驻东京。任上，他被诊断出患了肺癌，不得不返国治病。1967年9月24日，他在海牙辞世，享年五十七岁。

高罗佩一生以外交官为职业，辗转海牙、东京、重庆、南京、华盛顿、新德里、贝鲁特、吉隆坡等地，工作异常繁忙。尽管如此，他还是不忘初衷，挤出时间从事自己所喜爱的东方语言文化研究。他的研究兴趣很广，琴棋书画、小说戏曲无所不包，而且成果颇丰，几乎每隔一至两年就出版一本书。1941年由日本上智大学出版的《琴道》（*The Lore of the Chinese Lute*）是西方第一本系统介绍中国古琴的专著。在书中，高罗佩基于大量中国古代文献，对中国古琴的起源和特征、琴人的心境和原则、琴曲的意义和内涵、演奏的象征和意象，做了详尽的论述。而1944年在重庆出版的《明末义僧东皋禅师集刊》（*Collected Writings of the Ch'an Master Tung-kao，a Loyal Monk of the End of the Ming Period*），则是一部填补中国佛学史空白的开山之作。该书成书时间长达七年，期间高罗佩遍访中日名刹古寺、博物馆院，共觅得东皋禅师遗著和遗物三百余件。1958年，他耗时十余年完成的《书画鉴赏汇编》（*Chinese Pictorial Art as Viewed by the Connoisseur*）又在罗马远东研究社出版。全书内容分两部分，前一部分泛论中日屋宇的式样、书画的悬挂方法以及装裱技术的衍变，后一部分讲述毛笔的构造、墨的制作、纸绢的特质、书画真赝的鉴别，堪称一部东方艺术鉴赏大全。

不过，高罗佩的最大学术成就当属中国古代性文化研究。1949年，因日文版《迷宫奇案》的一幅封面裸体插图，高罗佩开始对中国古代性文化产生兴趣。他广集史料，探幽索隐，费尽周折收集历朝历代春宫画册，又参阅了一系列的明末情色禁书，终于辑成了中国古代性文化的拓荒之作《秘戏图考》（*Erotic Colour Prints of the Ming Period*，1951）。该书共分三卷。卷一《秘戏图考》是正文，用英语写成，分"上""中""下"三篇，讨论了自公元前226年至公元1664年中国历代王朝与性有关的历史文献、春宫画简史以及他所收藏的《花营锦阵》对题跋文字的注释和翻译，并附有"中国性术语"和"索引"。卷二《秘书十种》系中文卷，收录了卷一所引用的重要中文参考文献，包括《洞玄子》《房内记》《房中补益》《天地阴阳交欢大乐赋》《某氏家训》《纯阳演正孚佑帝君既济真经》《紫金光耀大仙修真演义》《素女妙论》以及《风流绝畅图》题词和《花营锦阵》题词。卷后有附录，分乾（旧籍选录）和坤（说部撮抄）两部分，所录各项均为极其珍贵的中国古代性文化研究资料。卷三《花营锦阵》影印了他所收藏的《花营锦阵》的所有春宫画，外加所题艳词。在这之后，高罗佩继续中国古代性文化研究，且时有新的发现，适逢荷兰图书出版商建议他撰写一部面向更多西方读者的中国古代性文化著作，于是便有了洋洋数十万言的《中国古代房内考》（*Sexual Life in Ancient China*, 1961）的问世。相比《秘戏图考》，该书的社会文化史研究气息更浓，且内容上有增补，还更新了许多旧的译文，添加了许多新的引文；观点上有修正，尤其是强调爱情的高尚意义，反对过分突出纯肉欲之爱。直至今日，该书仍是东西方性学家了解中国古代性文化的重要参考文献。

三

正是以上历史学、考古学方面的惊人成就，让高罗佩发现了《武则天四大奇案》等中国公案小说的价值，并选择性地翻译、出版了《狄公断案精粹》。在该书的"译者前言"，高罗佩指出，多年来西方读者所理解的中国侦探小说，无论是厄尔·比格斯（Earl Biggers, 1884—1933）的"查理·张"系列小说（*Charlie Chang series*），还是萨克斯·罗默（Sax Rohmer, 1883—1959）的"傅满洲系列小说"（*Fu Manchu series*），其实都是"误判"。真正的中国侦探小说是《武则天四大奇案》之类的中国公案小说。这类小说早在1600年就已经存在，时间要比爱伦·坡"发明"侦探小说的年代，或者柯南·道尔（Conan Doyle, 1859—1930）"打造"福尔摩斯的年代，早出几个世纪。而且这类小说多有特色，主题之丰富，情节之复杂，结构之缜密，即便是按照西方的标准，也毫不逊色。然而，由于一些文化传统的原因，迄今这类小说不为广大西方读者所知。他呼吁西方侦探小说作家应该关注这一被遗忘的角落，积极改写或创作以中国古代清官断案为主要内容的侦探小说。[1]鉴于和者甚寡，1950年，他亲自操刀，尝试创作了以狄公为侦探主角的《迷宫奇案》，以后又费时十七年，将其扩展为一个有着十六卷之多的狄公探案系列。

而且，也正是以上历史学、考古学的惊人成就，让高罗佩在创作这十六卷狄公案时有意无意地融入了较多的中国古代文化元素。"漆画屏风""柳园图""朝云观""紫云寺""红阁子"，这些书名关键词本身就是一幅幅色彩斑斓的风俗画，给西方读者以丰富的中国古代文明想象；而小说中的许多故事场景，如"迷宫""花亭""半月街""桂园""乐苑""黑狐祠""白娘娘庙""罗县令府邸"，也无疑是一道道风味独特的精神大餐，令西方读者一窥东方建筑。此外，还有许多与案情有关的主题物件，如竖琴、棋谱、毛笔、画轴、香炉、算盘、绢帕，也不啻一件件极其珍稀的古文物展示，勾起了西方读者对中国传统文化的无限向往。

当然最值得一提的是，"狄公探案"蕴含的道家思想和诗化手段。在《迷宫奇案》，故事刚一开始，高罗佩就描绘了一个仙风道骨的太原府狄公后裔。他头戴黑纱高帽，身穿宽袖长袍，胸前白髯飘拂，举止谈吐不凡。正是他，讲述了狄公当年在兰坊县任上所破解的三桩命案。之后，故事套故事，小说中又出现了一个鹤发童颜、双唇丹红、目光敏锐

1 *Celebrated Cases of Judge Dee: An Authentic Eighteenth-Century Chinese Detective Novel*, Translated and With an Introduction and with Notes by Robert van Gulik, Dover Publications, Inc, New York, 1976, pp. i-v.

的道家隐士，他于狄公断案百思不得其解之际指点迷津。由此，狄公锁定了余氏财产争夺案的真正凶犯。同样高贵、脱俗、飘逸的道家隐士还有《项链·葫芦》中的葫芦老道。同传说中的道家神仙张果老一样，他骑着一头长耳老驴，鞍座后面用红缨带拴着一个大葫芦。小说伊始，在松树林，他不期而至，给不慎迷失方向的狄公指路。接下来，还是在松树林，他协助狄公击退了凶狠歹徒的袭击，让狄公得以完成公主的重托。末了，依旧在松树林，他再遇狄公，自报真名，细述身世，并赠予其大葫芦，然后语重心长地留下嘱咐："大人，现在您最好把我忘了，免得将来还会想起我。虽说对于未知者，我只是一面铜镜，会让他们撞头；但对于知情者，我是一个过道，进出之后便了事。"[1]

显然，高罗佩在暗示读者，狄公之所以能屡破奇案，是因为有"高人"相助，而这"高人"并非别的，乃是他所信奉的"清静无为""顺应天道""逍遥齐物"的老庄哲学。事实上，现实生活中的高罗佩也是一个老庄哲学推崇者。在《琴道》的"后序"，高罗佩曾经谈到自己的抚琴体会，认为其秘诀在于遵循老子说的"去彼取此，蝉蜕尘埃之中，优游忽荒之表，亦取其适而已"[2]。接下来的正文，他进一步明确指出："我认为道家思想对琴道衍变有决定性的优势，或者说，虽然琴道的产生及基本观念源于儒家，但内涵却是典型的道家。"[3]此外，在《中国古代房内考》中高罗佩也有类似的说法："道家从自己与自然的原始力量和谐共处的信念中得出合理结论，并固定下来，称之为道。他们认为人

1 Robert van Gulik. *Necklace and calabash*. University of Chicago Press, Chicago, 1992, p. 92.

2 Robert van Gulik.*The Lore of the Chinese Lute: An Essay in the Ideology of the Ch'in*.Sophia University, Tokyo, 1941, pp. xiii.

3 Ibid, p. 49.

类的大部分活动，都是人为的，只起到疏远人和自然的作用，由此产生非自然的、人工的人类社会，以及家庭、国家、各种礼仪、专横的善恶区分。他们提倡回复到原始质朴，回复到一个长寿、幸福、没有善恶的黄金时代。"[1]

如果说，在狄公案中，道家思想是高罗佩欲以推崇的精神食粮和破案利器，那么效仿唐代传奇小说和明清章回小说，对小说故事情节做诗化处理，便是他编织案情的重要手段。这种诗化手段，在狄公案前期问世的一些卷册，如《迷宫奇案》《铜钟谜案》《黄金谜案》《湖滨谜案》，主要表现在每章有两句对仗工整的诗歌标题，以及正文起首插有几句韵味十足的题诗。前者起着点明全章主要内容的作用，而后者往往也从作者的视角，感叹世事人生、因果报应，同时赞誉清官替天行道、为民申冤，与正文叙述有着某种唱和的效应。如《黄金谜案》第三章诗歌标题"入县衙主簿慌张，闯后园狄公受惊"[2]，概括了该章主要描写狄公一行四人进了蓬莱县衙，并着手调查前任县令遇害案；而《湖滨谜案》题诗"神笔录尽人间事，万物皆有源与头；无奈凡夫灵犀欠，不谙其意枉自愁。公堂端坐父母官，生杀之权大如天；倘若心少浩然气，草菅人命臭人间"[3]，也以极其简练的语言，歌咏了天下之大，无奇不有，法网恢恢，疏而不漏，为民父母，除害雪冤，从而有效地呼应、烘托了

1　Robert van Gulik. *Sexual Life in Ancient China: A Preliminary Survey of Chinese Sex and Society from Ca. 1500 B. C. till 1644 A. D.*Leiden, E. J. Brill, 1974, pp. 42-43.

2　Robert van Gulik.*The Chinese Gold Murders: A Judge Dee Detective Story*. Perennial, An Imprint of Harper Collins Publishers, New York, 2004, p. 20.

3　Robert van Gulik. *The Chinese Maze Murders: a Chinese detective story suggested by three original ancient Chinese plots*. The University of Chicago Press, Chicago, 1997, p. 1.

小说主题。狄公案后期问世的一些卷册，如《漆画屏风奇案》《御珠奇案》《紫云寺奇案》《黑狐奇案》，尽管考虑到西方读者的持续接受程度，不再有如此诗化形式，但仍出现了相当数量的对仗工整、韵味十足的诗歌。这些诗歌多半与案情相互交织，成为案情侦破的关键。以《漆画屏风奇案》为例，在正文第十一章，狄公偕竹香去地下的妓院暗访，看见床壁上贴有一首七言绝句，并从前后两句的字迹，推测是年轻画家冷德和滕夫人银莲合写，也据此断定此前滕知县所说"生死伉俪"完全是编造的。一个由婚姻不幸导致妻子出轨、继而被杀的复杂命案终于大白于天下。

四

然而，高罗佩并非不分良莠、一味地融入中国古代文化元素。也还是在他的《狄公断案精粹》的"译者前言"，高罗佩总结了《武则天四大奇案》等中国古代公案小说的五大"弊端"。首先，小说伊始即介绍罪犯，细述犯罪的经过和动机，从而丧失了故事基本悬念。其次，崇尚神鬼等超自然力量，法官能潜入冥王地府与受害者对话，动物、炊具也能上法庭做证。再有，故事冗长，情节拖沓，动辄数十章，甚至数百章。再有，出场人物过多，难以分清主次、理清线索。最后，惩罚罪犯过分，残忍地诉诸暴力。[1]

---

1 *Celebrated Cases of Judge Dee: An Authentic Eighteenth-Century Chinese Detective Novel*, Translated and With an Introduction and with Notes by Robert van Gulik, Dover Publications, Inc, New York, 1976, pp. ii-iv.

以上“弊端”，高罗佩在创作狄公案时已经剔除。整个谋篇布局，仍沿用西方古典式侦探小说的创作模式，并突出运用了许多行之有效的创作技巧。譬如阿加莎·克里斯蒂式的“高度悬疑”，几乎每卷都有这样的设置。典型的有《紫云寺奇案》，故事一开始，读者就被置于紧张的悬疑之中而不能自拔。漆黑的寺庙外，隐约现出一块溅洒鲜血的石头，一对男女鬼鬼祟祟，借着微弱的灯笼光线朝井边拖尸体。他们是谁？为何要弃尸古井？被害者又是谁？但未等读者找出答案，新的悬疑接踵而至。从古董店买来贺寿的紫檀木盒，莫名其妙地留有求救纸片。一夜之间，国库五十锭金变成一堆铅条。而原本是两个无赖之间的争斗命案，凶手却要费事地剁下受害者的头颅？并且，狄公的得力助手两次险遭杀害，衙役们已是一死一重伤。直至最后，罪犯一一被擒获，狄公细述案情，所有谜团解开，读者才恍然大悟。原来百年寺庙早已成了藏污纳垢之地。而《朝云观奇案》的悬疑设置更有特色，整个故事情节集中在一个密闭时空，命案迭起，案中有案。狂风暴雨夜，狄公一行人前往百年道观借宿。倏忽间，对面塔楼现出一男与一残臂裸女相搂的身影。此前，已有三个年轻女子在那里蹊跷身亡。紧接着，戏班子又有伶人“假戏真做”，险些酿成大祸。狄公循迹调查，又遭人暗算。更不可思议的是，众目睽睽之下，前任住持玉镜讲道时突然“仙逝”。之后，现任住持真智又坠楼暴毙。种种蛛丝马迹，指向道观一个辞官修道的孙太傅。然而他为何要谋害数条人命？又能否逃脱法律制裁？如此悬疑，一直持续到小说结束。

又如柯南·道尔式的“科学探案”，这一技巧的运用集中体现在小说主要人物形象的提升和重塑。在高罗佩的笔下，狄公已经不单是那个为政清廉、刚正不阿、体恤民生，只凭聪明才智断案的青天大老爷，而是融博学、勤政、亲民于一身，依靠仔细调查和缜密推理破案的"科学"神探。他手下的几个随从，马荣、乔泰、陶干和洪亮，也一改"四肢发达、头脑简单"的性格描写窠臼，变成有血有肉、智勇兼备的破案搭档。作为一方父母官，狄公不但熟悉辖区具体政务，还擅长同各种各样的人打交道，了解他们的喜怒哀乐和实际需求。尤其是，他深谙犯罪心理学，勤于现场勘查，善于从蛛丝马迹中寻找破案线索，并层层剥茧抽丝，缜密推理。在《漆画屏风奇案》第五章，高罗佩以十分细腻的笔触，描述了狄公如何在沼泽地查看一具女尸的情景：

> 狄公重新掀开裹盖女尸的袍服。除了那袍服外，女尸一丝不挂，一把短剑从左侧乳房直插胸部，露出剑柄。剑柄周围有一摊干涸的血。他继而细看那剑柄，发现质地为白银，上面镂刻了美丽的花纹，不过年代已久，呈现出黑色。他断定，这把短剑是一件稀世古董，只因那个乞丐不识货，在盗窃耳环和手镯的时候，没有将它拔出带走。他摸了摸那只乳房，表面冷而黏湿，接着又抬起她的一只胳膊，觉得还有弹性。看来，这个女人被害的时间不过几个时辰。他想着，这安详的神态，简便的发型，裸露的胴体，赤裸的双脚，都说明她是在床上熟睡时被害的。[1]

这段描写，与柯南·道尔在《巴斯克维尔的猎犬》中描述福尔摩斯现场勘察爵士死因简直有异曲同工之妙。不过，高罗佩没有无限拔高狄公，

---

1 Robert van Gulik. *The Lacquer Screen: a Chinese Detective Story*. The University of Chicago Press, Chicago, 1992, p. 52.

而是描写他有时也会被假象蒙蔽而犯错，也会因怀疑自己判断有误而心虚。此外，他还有七情六欲，不但娶有三房夫人，还看见美丽、善良的女人就动心。《铁针谜案》中暗恋郭夫人便是一例。小说描写了狄公邂逅这位容貌端庄、知书达理的仵作妻子后的种种爱慕心理。当获知她同样以铁针杀害了自己无恶不作的前夫后，狄公陷入了矛盾，欲绳之以法又心中不忍。郭夫人跳崖自尽后，狄公一夜未眠，"他感到非常疲惫，想过平静的退隐生活。但随之他明白，自己不能这样做。退隐意味着不想担当任何责任，而他却有太多的责任"[1]。这也令人想起英国侦探小说大师埃·克·本特利（E. C. Bentley, 1875—1956）在《特伦特绝案》中所描写的那个"已食人间烟火"的大侦探特伦特，他在推断门德尔松夫人杀害自己丈夫之后，选择了悄悄离去，因为门德尔松敛财堕落，消除他等于消除了罪恶。

再如约翰·卡尔的"密室谋杀"。所谓密室谋杀，是指罪犯在一个完全封闭、看似无法出入的空间环境内所实施的谋杀，往往产生一种独特的惊悚、神秘的效果。高罗佩似乎谙于这一技巧，在大部分卷册都有展示。《红阁子奇案》中的举人李琏和花魁娘子秋月先后"自杀"，显然是一种密室谋杀，因为两人均死在卧室，房门紧锁；而《朝云观奇案》中的前任住持玉镜"讲道时突然仙逝"，也是与密室谋杀不无联系，因为众目睽睽之下，凶手没有任何作案机会。最令人玩味的是《迷宫奇案》中的丁将军被杀案。高罗佩先是在第八章，透过狄公的视角，描述了十分密闭的案发现场：

---

1 Robert van Gulik. *The Chinese Nail Murders*. The University of Chicago Press, Chicago &London, 1977, p. 200.

狄公迈步跨过书斋门槛，举目环视。书房很大，呈八边形，墙上高处有四扇小窗，窗纸莹白，阳光透过窗纸，漫入室内甚是柔和。窗户上方，有两个小孔，供通风之用，均有栅板相隔。除了窄门，书斋墙上再别无其他开启之处。

书斋中央正对门放着一张乌木雕花大书案，只见一人身穿墨绿锦缎便袍软软地伏于书案之上。此人头枕弯曲左臂，右手伸于书案之上，手中握有一红漆竹制狼毫，一顶黑色丝帽掉落于地，灰白长发暴露无遗。[1]

接着，他又借陶干和丁秀才之口，说明了凶手不可能自由进入案发现场的缘由。一是房门乃进入书斋的唯一通道，墙壁、书架上的窗户和挡有栅板的通气孔洞以及窄门，均未见暗道机关；二是丁将军先亲自开锁进入书斋，丁秀才跟着进入下跪请安，其时管家就站在丁秀才身后，直至丁秀起身，丁将军才将房门合上，而平时书斋房门总是紧锁，唯一的钥匙也由丁将军随身携带。但就是这样一个看似无法破解的密室谋杀案，狄公通过仔细调查和严密推理得出了答案。原来杀死丁将军的是他手上执握的那管珍贵的狼毫。之前凶手将狼毫作为寿礼送给了丁将军，但狼毫内藏有浸透毒液的飞刀，上有弹簧，用松香封住。丁将军初次写字时，自然要烧掉狼毫笔端的毛刺，于是松香受热，弹簧启动，飞刀弹出结果了他的性命。

此外，还有盖尔·威廉（Gale Wilhelm, 1908—1991）的"女同性恋描写"，也对高罗佩的狄公案创作产生了较大的影响。尽管小说没有出

1　Robert van Gulik.*The Chinese Maze Murders: a Chinese detective story suggested by three original ancient Chinese plots*.The University of Chicago Press, Chicago, 1997, pp.88-89.

现任何女同性恋侦探，但出现了相关人物和细节描写，而且这些描写往往与案情的发展有关，甚至成为案情侦破的关键。仍以《迷宫奇案》为例。在该书的第二十四章，高罗佩几乎用了整整一章的篇幅来描绘女同性恋李夫人的外貌以及看见黛兰时的异样神态：

> 黛兰看那李夫人，面相周正，但五官略嫌粗大，双眉稍浓……黛兰燃旺灶内余火……顷刻厨房香味扑鼻……然而李夫人只吃了半碗便放下碗筷，将手置于黛兰膝头……角落里有两只水缸，一冷一热……黛兰提起热水缸盖……快速褪去衣裤，舀了几桶热水倒在盆内。待其舀取冷水时，猛地听得身后有异动，旋即转过身去……李夫人边说，边盯着黛兰。黛兰顿时觉得十分惧怕，忙俯身捡取衣裤。李夫人走上前来，霍地从黛兰手中夺走下衣，厉声问道："你怎么又不沐浴了？"黛兰惊得忙赔不是。李夫人猛地将黛兰拽到身边，轻声说道："姑娘何须假正经！你这身段甚是漂亮！"

当然，像盖尔·威廉的《我们也在漂浮》（*We Too Are Drifting*, 1934）一样，高罗佩如此不厌其烦地细述女同性恋性爱的目的是给接下来的情节高潮做铺垫。果真，李夫人求爱不成，便凶相毕露，并丧心病狂地用白玉兰之死来威胁黛兰。只见她将布帘一拉，梳妆台现出白玉兰的血淋淋头颅。正当李夫人的尖刀刺向黛兰之际，窗外跃入了彪形大汉马荣，眨眼工夫他便打落了尖刀，又将李夫人的双手绑定。至此，白玉兰失踪案告破。

立足西方古典式侦探小说创作模式，选择性融入中国古代文化元素，一切以故事情节生动为准则，高罗佩的十六卷"狄公案"就是这样成为早期西方历史侦探小说的成功范例，同时也赢得世界千千万万读者的青睐。

黄禄善

2017年10月26日

黄禄善，上海大学外国语学院教授，上海作家协会会员、上海翻译家协会理事，英国皇家特许语言家学会中国分会副会长。译有《美国的悲剧》等十部英美长篇小说，主编过八套大中小外国文学丛书，其中由长江文艺出版社、花城出版社出版的"世界文学名著典藏"（精装豪华本）近二百卷。

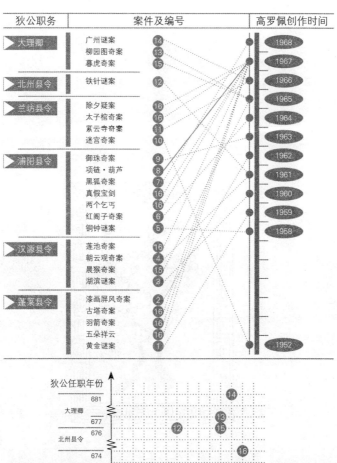

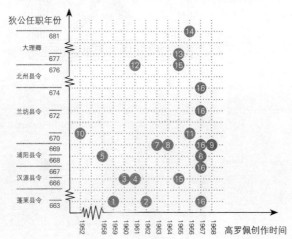

高罗佩·大唐狄公探案年表

书中主要人物

项链·葫芦

一

▼

　　在宁静、细雨蒙蒙的树林里又骑马行了半个时辰，狄公勒住马，往头顶稠密的树丛焦虑地望了一眼，只看到一小块铅灰色的天空。这小雨随时会变成一场夏日的雷阵雨。他的皂色帽以及绲黑边的棕色长袍早已被淋湿，雨水在他长长的胡须上闪闪发亮。中午离开村庄时，人们告诉他，穿过树林时只要每一个岔路口都拐正确，那晚饭前他一定可以赶到滨河镇。看来，一定在什么地方拐错了，因为此时他大概已骑马行了两个时辰，一路上除了高大的树木和茂密的矮树丛，并不见一个人影。鸟儿在黑色的树枝间停止了鸣唱，潮湿、腐烂树叶的气味似乎黏在了他的衣服上。他用围巾的一角擦了擦额下的那丛美髯，心焦道：要真的迷了路，那就坏事了。黄昏临近，河南岸的这片树林绵延数里。看样子不得不在野外过夜了。他叹了一口气，拿起马鞍上系着红缨带的褐色大葫芦，拔开塞子，喝了一口。那水温热，味道有点馊。

他低头擦了一把眼睛，顺眉毛流下的汗水刺痛了双眼。他抬头往上一看，顿时呆住了，不敢相信：松软的苔藓上，一个骑着马的巨大身形悄无声息地向他走来。那人跟他一模一样，蓄着长须，戴着一顶四方黑帽，穿着一件绲黑边的棕色长袍，马鞍上挂着一只系红缨带的褐色大葫芦。

他又擦了擦眼，定睛再一看，不觉叹了口气。忽明忽暗的光线、酸痛的眼睛欺骗了他。那一位长须里夹杂着一些灰色，骑着的是一匹长耳老驴。接着，狄公又警觉起来。那驴的屁股上挂着两杆短矛，狄公不由得把手伸向背后的剑。

那人在狄公马前停了下来，盯着狄公看了一眼，那双大眼中若有所思。他宽宽的脸上布满皱纹，尽管举止优雅，但那瘦削的肩膀还是从补着补丁的长袍下突了出来。先前，狄公以为在驴屁股上挂着的两杆短矛，其实是一副拐杖，拐杖的一端有弯柄。狄公放下剑，施礼道：

"请问阁下，此路可通向滨河镇？"

那人没有马上回答，眼睛却停留在狄公马鞍的葫芦上。他微微一笑，无甚光泽的双眼奇怪地盯住狄公，出人意料地朗声说道：

"是的，医生，转过弯，便可到滨河镇。"

那老头把狄公当成了行医的医生了。显然是因为狄公单身出行，还有那葫芦，通常那是医生们用来装药的。没等狄公纠正，老头又继续说道：

"我刚抄近路从镇上来，再往前走一点，只要一炷香的工夫。很乐意为你带路。"他掉转驴头，道："我们最好去看看刚从河中捞上来的那个人。他可能需要你去照看，医生。"

狄公正想说自己是本州北部浦阳县的县令，但如此一来，他就得解释为何穿着便服出游，解释为何没有随从跟着。故而，他只是问：

"这位兄台，你做何营生？"

"我不干啥，只是一个云游道士。"

"我还以为你是我的同行呢。你那葫芦里装的是什么？"

"空，阁下，只是空。比你那葫芦里的任何药物都值钱，医生。当然，贫道无意冒犯你，但空比满更重要。也许你要选用最好的黏土来做一个漂亮的坛子，但要是没有空，那坛子就没用。你做一扇门或一扇窗，无论装饰得多漂亮，要是没有空就不能用。"他嘴里"嘚儿"一声，赶着他的驴子继续上路。似乎想了想，他又说道："他们称贫道为葫芦大师。"

得知另一位是不拘礼节的老道，狄公便无须打听他的真名和职业。于是，他问道："你刚才说在河里发现一个人？"

"离开镇上的时候，我听说有两个渔夫从河里捞上来一个人。这是一条近道，我先走了。"

狭窄的林中小路穿过一片耕地，一位农夫正穿着蓑衣、弯着腰锄草。沿着一条泥泞的小路，他们来到岸边的那条路上。小雨停了，棕色的河面上笼罩着一层薄雾，空气似乎凝固了，湿热、低垂的天空中，没有一丝风。路旁是一排排整齐的房屋，路人都穿戴得很体面，没见一个乞丐。

"看样子这是个繁荣的小镇。"狄公道。

"这是一个小镇，但得益于河运、渔业。当然，出入碧水宫的贵客也为当地增色不少。那碧水宫在镇东头，傍依松林，乃一独立的皇家宫殿。这镇的西头住的是贫寒人家，富裕大户住在东头，远离鱼市的那一边。贫道带你到最好的客栈去住，翠鸟客栈或九云客栈。除非你打算投亲靠友……"

"不，在此地我是客，仅仅是路过而已。我看到你带着一副拐杖，莫非腿上有疾？"

"一条腿瘸了，另一条也不好。医生哟，你看不好的。得，当官的在场，留心着点。我说医生，他们从河中捞起的那个家伙不用你去诊视了！不过，我们还是去看看吧。"

鱼市前宽阔的码头上，围着一群人。狄公的目光越过人群，看到一身形矫健之人骑于马上，那镀金镶红羽毛的头盔以及红色的围领表明他是羽林军的校尉。

葫芦大师抓起拐杖，翻身下驴，向着人群一瘸一拐地走去。那驴耷拉着耳朵，在鹅卵石堆中寻找人们丢弃的食物。狄公也翻身下马，跟在老道的后头，围观的人纷纷给老道让了条路：他们似乎对他十分熟悉。

"葫芦大师，这是翠鸟客栈的账房，泰明，"一个高个子小声说道，"他已经死了。"

两个穿着制服的羽林军卒正在维持秩序。狄公从葫芦大师肩旁看去，一人躺在地上，就在羽林军校尉的马前。他不由自主地赶紧避开。尽管他常常见到暴死的尸身，但这具尸体特别令人恶心。这是个年轻男子，只穿一件长袖衫，衣袖卡在伸出的手臂上；长长的头发湿漉漉地黏在膨胀、扭曲的面孔；赤裸的腿和脚上的烧伤很厉害；两手已被折断，肚腹裂开，肠子挂在外边。一位羽林军队正正蹲跪在尸体旁边，镀金肩甲下的后背十分宽。

"他左袖子里有一个扁包裹！"一个沙哑的声音说道，"一定是我的银子。"

"闭上你的鸟嘴！"队正对站在前排一个骨瘦如柴的人吼道。那人长着鹰钩鼻，蓄着一把参差不齐的山羊胡。

"他叫魏成，翠鸟客栈的掌柜，"葫芦大师对狄公耳语道，"总是先想到银子！"

狄公匆匆瞥了一眼那个瘦削的客栈掌柜，目光便落在他身旁一个女孩的身上。她十七八岁，长得小巧、纤细，穿着一件蓝色长袍，束着一根红腰带，乌黑发亮的头发向上盘成两个发髻。她背过脸去，不再看死者，漂亮的脸蛋变得十分苍白。

队正直起身来，恭敬地向校尉报告：

"从死者的情况看，他已在水中浸泡了一天。大人您有何示下？"

校尉似乎没听到他的话。狄公看不清他的脸，红围领遮住了他大半个脸。狄公眼皮低垂，双眼盯住他紧握马鞭的铁拳。他坐在那里，束着胸甲，一动也不动，仿佛一尊铜像。

"您有何吩咐，大人？"队正又问道。

"把尸体带回衙署去，"校尉闷声闷气地说道，"将发现尸体的渔夫和雇用死者的客栈掌柜也一并带走。"

校尉突然掉转马头，站在他后面的人群不得不跳着躲开，以免被马踩到。他驰向远离码头的宽阔大街，马蹄在潮湿的鹅卵石地面上发出嘚嘚的响声。

"靠后，都靠后站。"队正喊道。

"可恶的谋杀案！"当他们走向各自的坐骑时，狄公对葫芦大师说道，"死者是一介平民，为何羽林军要插手此事，而不是由本地衙门来处理呢？"

"医生，滨河镇可不属什么衙门，因为有碧水宫，懂吗？此镇和周围一些地域唤作狩苑，由羽林军统管。"他爬上驴子，把拐杖交叉放在驴臀两侧。"好，贫道得跟你分手了。你只需沿着羽林军校尉去的那条大街便可到镇里，那可是此镇的正街。羽林军衙署再过去一点，就是那两家客栈。翠鸟客栈和九云客栈正好隔街相对，两个客栈都挺舒服的，你随便挑吧！"狄公还没来得及谢他，他就"驾"的一声骑驴而去了。

狄公牵着马来到鱼市一角的铁匠铺。这牲口需要歇一会儿。他给了铁匠一把铜钱，吩咐他给马擦擦身子、喂点料，说第二天早晨他再来牵马。

来到大街，他忽然感到，骑马走了那么久的路之后，两腿都麻木了，嘴也干得很。他走进一家茶馆，要了一大壶茶。靠窗一张大桌上，围坐着六个本地人。他们一边嗑着瓜子，一边热烈地谈论着什么。狄公边喝茶，边提醒自己，身处皇家狩苑，依律必须严格遵循防卫法规，他一到此地，应立刻到羽林军衙署去登记。他想在去客栈的路上顺便往衙署处登记，因为那老道告诉他，客栈与衙署相隔不远。翠鸟客栈的账房备受折磨，直至惨死，令人发指。这当然令人感到不安，他想最好还是去九云客栈住，尽管翠鸟的名字听起来更吸引人。他本打算在滨河镇清闲两天，钓钓鱼。在浦阳时，他从来没有闲工夫钓鱼。他伸伸腿，自忖：兵部的干将也许很快就能将凶手擒获。通常，羽林军雷厉风行，与地方相比，虽然手段粗暴了些。

越来越多的人来到茶馆，狄公听到了他们的一些谈话。

"魏掌柜在瞎扯，"一位年长的店主说道，"泰明绝不会偷东西。他父亲是杂货店的老掌柜，我知道他。"

"要不是他带了太多的银子，盗匪也不会去抢他。"一位年轻人说道，"再说他在半夜里悄悄出镇。铁匠对我这么说来着，泰明向他借了匹马，说是去探望生病的亲戚。"他们远远地在一个角落里坐着。

狄公又为自己倒了一杯茶。他想起了葫芦大师。那老道看起来倒像是个有教养的绅士。但狄公明白，道士并不拘泥于清规戒律，许多修道多年的门徒不愿沉湎于浊世，宁可过流浪的生活。茶馆变得拥挤起来，声音也嘈杂多了。店小二点起油灯，油灯的烟味和湿衣服的气味混杂在一起。狄公付了钱，走出了茶馆。

天正下着蒙蒙细雨。他在街对面的店铺里买了一块油布，披在身上，快步向繁华的大街走去。

再往前走了两个街区，街道变得宽起来，一直通向露天的广场。广场中央是一座堡垒一般的三层楼建筑，一面红蓝相间的旗帜从尖尖的蓝色琉璃瓦屋顶上无力地垂下，红漆大门上方的斜檐下写着几个黑色大字："左翊卫府"。两个卫兵站在高高的灰色石头台阶上，正在和身材魁梧的队正讲话。那队正正是狄公适才在码头上见过的那位。狄公正要拾级而上，那队正却走下台阶对他简短说道："校尉大人要见你，大人。请跟我来。"

狄公惊得说不出话来，那队正却早就消失在堡垒的拐角处。很快，队正打开瞭望塔狭窄的门，指了指陡直、狭窄的台阶。狄公刚往上走，便听到队正在身后闩门的声音。

二
▼

　　在二楼昏暗的过道里，队正敲开一扇简陋的木门。他把狄公让进屋子。屋子宽敞，但陈设简陋，简朴的书案上点着一支高高的蜡烛。书案后坐着的是年轻的、矮胖的羽林军校尉，他站起身迎接狄公。

　　"狄大人大驾光临滨河镇，真是欢迎之至！"他笑着说，"敝姓苏，请坐！"

　　狄公仔细一打量。这个校尉长着一张四方脸，脸上透出机智，上唇蓄着两撇黑色的八字胡，下唇则是深黑色的硬邦邦的山羊胡子。他一点也想不起来在哪儿见过他。苏校尉指着桌边的扶手椅，继续说道：

　　"狄大人，两年前在汉源时，您正忙着了结湖滨案（参见

《湖滨谜案》），没空注意到我。要知道，当时我在大理寺任职。"然后他对队正说道：

"刘队正，你可以走了。我来沏茶。"

想起汉源繁忙的日子，狄公不禁微微一笑。他把剑放在靠墙的桌上，接过苏校尉递给他的椅子，"你在码头上认出我了？"

"是的，大人。那时您站在葫芦大师旁边，我不想打扰您，我看出您正在微服出访。但我知道，您一定会到我衙署来登记的，因此，我吩咐部下恭候大驾。我想您一定有要务在身？单身出行……"他半途止住话头，泡了一杯茶，在桌旁坐下。

"微服私访，实未有此念头，只是十日前下官被召回州府，帮忙处理一桩涉及本州的走私案。我和我那两位随从马荣与乔泰忙得不可开交，故上司允准我在这儿多留几日。我等原本打算在滨河镇待上几天，但今日清晨到达关庙村时，里正求我等协助他们逮住糟蹋庄稼的野猪。马荣和乔泰是个中好手，故我令他们留下逮野猪，而我则先行一步。后日我们在此地会合。我只想在此休息一阵，钓钓鱼，当然亦可说是微服出行。"

"甚妙，甚妙！大人，您那葫芦是打哪儿来的？顺便问一句。"

"那是里正送给我的礼物，因为关庙村种植大葫芦。我一路上带着它，葫芦大师因此以为我是一个江湖医生。"

校尉若有所思地看了看他的客人，悠悠道："是的，您眼下这身打扮，别人很容易会认为您是个医病的医生。"停了一会儿，他又说道："如果葫芦大师知道您不是医生，他一定会非常失望。他熟知草药，并喜欢与人谈论草药。"

狄公猛然想到了什么，道："其实，我并非故意骗他，可那样说毕竟省了我不少麻烦。不过，他究系何人，行踪这般诡秘？"

"有点像逸士真人，近四五年常隐居于此，就住在林中的一个草棚里。再来杯茶吧，大人！"苏校尉摸摸鼻子，迅速瞥了狄公一眼，然后又说道："大人，如果您真想在本镇过几天清静日子，我劝您还是假扮医生为好，此地终究是天子的狩苑行宫，各类朝政机构俱全，您微服出行有可能……这样说吧，易引起不必要的误会。我也曾执行过特殊使命，知道您此刻的心情！"

狄公捋了一把山羊胡子。作为途经此地的县令，他不得不做一番官场应酬：穿上官服，戴上有翅的官帽。但这些玩意儿都留在了关庙村的行囊中。当然，他可以借一套官服，借一乘官轿，可这正是他几天来竭力避免要做的事……苏校尉看出了他的犹豫，遂很快说道：

"狄大人，我来为您安排一切，您大可休息数日。阁下在浦阳了结的那桩寺庙案（参见《铜钟谜案》），我都听说了。狄大人，真是断案如神哪！现在，让我瞧瞧。对了，在京城我认识一位歇业的医生，名叫梁谋，高个儿，长须，专诊肺、肝疑难杂症。"他拿起一张纸，蘸了蘸笔，匆匆写下几行字。"大人，我猜您学过点医，是吧？好！我可以用一下大人的身份公文吗？"

狄公从马靴中拿出一卷纸，放在桌上。"我不认为……"他正想说，但校尉已埋头于公文中。蓦地他抬头大声道：

"再好不过了，大人！出生日期大致相同！"他用手指敲着桌子，大声叫道："刘队正！"

刘队正立刻走了进来，显然他就守在门外。校尉把他写的纸条连同狄公的身份公文一并递给他："刘队正，重新复制一份新的公文，用这个名字，瞧上去别太新。"

刘队正行礼，转身离去。苏校尉两肘支在桌上。

"直说吧，狄大人，我遇到了一些小麻烦！"他认真道，"您到此地，真是天助我也，当裨益此事。在下不会占大人太多的时间，唯请大人帮我一个忙，虽说您官品比我高许多，但我等日常事务亦有相似之处……大人若肯相助，在下不胜感激！坦率说……"

狄公打断道："你得告诉我你遇上了什么麻烦。"

苏校尉站起身，走到挂在墙上的大地图前。狄公坐在椅子上也可清楚看到，那图上画的是大河之南岸，那是一张详细的滨河镇全图。东边标出的空四边形，以大字注明"碧水宫"。苏校尉一挥手，道：

"整个狩苑皆由宫廷直接管理。大人，您当然知道，四年来碧水宫已经成了三公主的避暑之地。"

"不，这我倒不知道。"话虽如此，但狄公也知道一些关于三公主的事。她是皇上非常宠爱的女儿，听说长得异常美丽，皇上对她真可谓有求必应，百依百顺。但她并非人们所想象的那样，是一位被宠坏了的公主，相反，她是机敏睿智、冷静果敢的年轻女子，精通六艺，博学多识。许多才华横溢的求婚者想方设法提亲，欲圆驸马之梦，但皇上却迟迟未做定夺。狄公暗地里寻思，公主现在大概快二十五岁了吧。

但听苏校尉继续道："此处有三位大员总掌一切，两位是文职，一位是军职。宦官总管只对三公主及宫女等负责。苑总监是碧水宫总管，对余下的千余人负责。我的上司中郎将康大人负责碧水宫及整个狩苑的安全。他的府衙设于碧水宫，那边事务繁杂，无法分身，因此把两百名羽林军兵卒交给我，让我负责滨河镇及附近乡村的治安。此地民风淳朴，秩序井然。为防止宫中染上疫症，此地不准开设妓院，无妓女，亦无戏院，更无乞丐。如此一来，自然也鲜有作奸犯科之徒。若有以身试法者，即被视为大不敬，会被凌迟处死（被慢慢割肉致死，一般的刀斧手只需半个或一个时辰即可完事）。因此即使是顽固不化之徒也不敢冒险。但是，宫中若是有人犯罪，则可多活几日。"校尉若有所思地摸摸鼻子，然后又道："当然，这些人都是这里最为上等之人。但是，无论如何，拦路抢劫者、鸡鸣狗盗之徒、地痞流氓一应人等，则竭力避开此地，如避瘟疫！"

"苏校尉，那样一来，事倒好办了，只是些日常公务。"

苏校尉坐了下来。

"不，大人，"他忧郁地说道，"那您就错了。鸡鸣狗盗之徒不敢来犯，但此处却是江洋大盗的天堂。假如你靠诈骗发了财，树敌很多，或者假定你是个有势力的违法贩卖团伙的头目，又或者是某一黑道首领，还有哪儿能比这儿更逍遥自在的？在这里，不用担心被杀，但在你自己的地盘，你就得日夜提心吊胆地防范对手派来的刺客。但在此地，你可以自由行走，不用担心什么。大人，您可看出我的麻烦？"

"不十分清楚。所有来此地的人均得登记，为何不把那些有嫌疑的人发回原处？"

校尉摇摇头。

"首先，造访此地的皆是些体面人物，且大多数商人来此地都是合法经商。我们不可能对每位来访者都核查身世。其次，本地人的大部分收入来自过往客商，假若我等对每一位客人都严加盘查，他们就会避开此地，而宫里严令我等必须与过往客商保持良好的关系。大人，您也很清楚，皇上'仁政'之誉远播四海。此地事务确为难办，难免会有某个惯匪恶首来此逍遥，惹是生非。可在下则仍要对滨河镇的安全负责。"

"确实如此。但我看不出能帮阁下什么忙。"

"大人，您可从另外一个角度对此地摸摸底。大人办案经验丰富，功绩斐然……"

狄公抬手打断道，

"也罢，我亦须对狩苑有一准确印象，我……"

有人敲门，队正走了进来。他把两张纸放在校尉面前，一张是狄公自己的身份公文，而校尉关注的是另外一张纸，那是一张边缘有点磨损卷曲的纸。

"很好！"他大笑道，"真不错，刘队正！大人，请您看一看这个！"他把第二张公文递给狄公。那是四年前京城官府签发的一份名为"梁谋"的医生身份公文。出生日期是狄公自己的，但住址却是京城一个广为人知的地方。

"看到日期了吗，大人？"苏校尉搓搓手，问道。"那正是京城官府向全城百姓签发新身份公文的日子！干得好，刘队正！"他从抽屉里拿出一个印章，在纸的一角盖了一个印，然后在印章旁写了几个字："此人正于返京途中，准其停留三日。"

他又用毛笔写上日期。

"给，大人！一切妥当！大人自己的那份公文我给你锁在这里。若被发现你带有两张身份公文，那就麻烦了。我劝大人住翠鸟客栈，那儿很安静，多数达官贵人都住那儿。"他站起来，愉快道："当然，在下随时听候大人差遣！不管是白天还是黑夜，任何时候都行。"

狄公也站了起来。

"说实话，苏校尉，刚才你提到遇上麻烦，我以为你指的是翠鸟客栈账房被杀一事，即你在码头上看到的那具尸体。"

"可怕的凶杀！但此人是在我管辖范围之外被杀的，大人。对此案，我曾迅速做过调查，午夜过后约一炷香时，巡夜之人曾看到他出镇东行。我的巡丁未发现任何遭抢劫的迹象，狩苑区域和附近地区也未见拦路抢劫之徒。他是在通往山区的路上被杀的，尸体在河流上游几里路的地方被扔下水，在渡口棚屋对面的水草中被人发现。我要把此案移交给你的同僚，让滨河镇邻县的县衙来办此案，同时也要把在他袖里找到的那些东西交给他们。"

他把狄公带到一张小桌旁，桌上有一张折起来的地图、一个算盘、一本来客名册和一包银锭。狄公随意打开地图看了一会儿。

"这是一张本州的详细地图，"他说道，"由东部山脊那面起，滨河镇到十里村的那条路被标为红色。"

"对了！那正是这家伙想去的地方，带着他掌柜的二十个银锭逃之夭夭。那个客栈掌柜是个有名的小气鬼，他还有脸要我赔偿他的损失呢！请把这算盘还给那个瘦鬼，大人，不要让他说我偷了他的算盘。"

狄公把算盘纳入袖中。

"乐意效劳，但阁下最好在给我同僚的报告中提及此事，也许它跟此案有关联。比如，也许是这个账房正打算到他那个村子去核对复杂的流水账目。"

苏校尉耸耸肩。

"大人，一个账房带着个算盘，我会在案呈中提及此事的。"

狄公一边把剑背起来，一边问道：

"你怎么知道那账房想偷银子？"

"魏掌柜说，那年轻人从钱柜里拿走了银子，大人。他对钱柜里有多少银子知道得一清二楚。他虽然把翠鸟客栈管理得井井有条，但他是个迂腐不堪的怪人。数十天前，他妻子与人私奔了，虽说人们都说他妻子不对，但大家并不怎么怪她。好了，大人，能听到您对此事的意见，在下万分感激，但切勿让此事影响您的判断。您不妨到河上去钓钓鱼，这里有美味的鲈鱼和鳟鱼。"

他礼貌周全地引狄公下楼，身材魁梧的刘队正为他们开门，但见外面大雨倾盆。

"瞧这鬼天气，大人！还好，翠鸟客栈就在前面不远，就在右侧。明天见！"

狄公与苏校尉（高罗佩 绘）

三
▼

　　狄公把油布遮在头上，快步走在大街上。正是吃晚饭的时间，大街上空荡荡的。他若有所思地笑了笑，苏校尉真是个能说会道的家伙。他所谓过往客商引起的麻烦看来全是假的，他对那账房谋杀案也无甚兴趣，苏校尉要他不露身份地留在滨河镇，定是另有隐情。这是唯一令人信服的理由，要不，苏校尉不会做如此周密的安排。他是个聪明、机警的人，在码头上一眼就认出了狄公，尽管他身着便服。

　　蓦地，狄公停住脚步，完全忘了眼前的雨。码头上的校尉看上去很瘦长，而苏校尉却是个壮实的人。在那儿，他虽然只匆匆瞥了一眼那校尉的脸，但他的围领遮住了大半个脸。狄公皱起浓眉。那个队正轻手轻脚地从边门带他上楼，没有人看到他狄某人从校尉的府衙进出。现在，他独自一人在这陌生的小镇，带着一纸假公文。有那么一会工夫，他预感事情有些不妙，但最终仍泰然处之——假若其中有诈，不久便会明了。

一盏大灯挂在屋檐下，柱子门廊上镌着"翠鸟客栈"几个大字。在街对面，他看到一个更大的门廊，刻着"九云客栈"几个字。略一迟疑，他便向第一个门廊走去。抖抖满是雨水的油布，他走进空荡荡的大厅。厅内点着一支高高的蜡烛，奇怪的影子映在石灰墙上。

"客官，所有大房都已客满，"柜台后面的小伙计告诉他，"但二楼尚有一间小的后房也很不错。"

"那也成。"狄公说道。他一边登记上自己的新姓名和职业，一边说道："上楼前我得先洗个澡，换身衣服。你先领我去澡堂，然后派个人到码头边的铁匠铺把我的行囊取来。"他把填好的登记册放回柜台时，忽然感到袖里的分量。他取出算盘说，"我在左翊卫府登记时，他们要我把这算盘还给你们。这是从河中捞起来的那位账房身上找到的。"

小伙计谢过狄公，把算盘放入抽屉。他语带讥刺道："我们掌柜的在码头上瞅见泰明的尸身时，以为这玩意儿和他那二十锭银子在一块儿。活该这吝啬鬼！"他随即迅速朝格子屏风瞥了一眼。屏风后面有个男人正趴在桌上写什么东西。"我领您去洗澡，医生。"

澡堂在客栈的后面。更衣室内空无一人，只有些衣服放在那儿，可竹制移门后传出一些刺耳的声音，说明有客人在澡池内洗澡。狄公脱去马靴，把剑及被雨淋湿的帽子、葫芦等放在架子上。他从袖中拿出织锦钱袋，放在帽子下面，钱袋里有钱和那份身份公文。接着，他脱去衣服，打开那扇移门。

澡堂里有两个人正光着身子对练拳术，那叫喊声正是这两人发出的。他们彼此讲着粗话，向对方挑战。两人身材壮实，脸上粗糙，显出经常打斗的痕迹。狄公进来时，两人便不再作声，只是向他狠狠地看了一眼。

"打你们的拳，但把臭嘴闭起来！"一人冷冷说道。说话者是个肥胖的中年男子，坐在澡池边的一张矮凳上，两名伙计正在旁边使劲地帮他搓揉肉鼓鼓的肩膀。狄公蹲在铺着黑砖的地上，用一桶热水冲洗后，便在凳上坐下，等着伙计来搓背。

"客官，您打哪儿来？"坐在他旁边的这个胖子问道。

"打京城来。我姓梁，是行医的医生。"对一同洗澡的人的询问不作答，那可是无礼之举。澡堂是客栈房客唯一的聚会场所。

那人看了看狄公肌肉突起的双臂和宽阔的胸脯，道：

"医生，看您本人就知道您医术高明。我叫郎刘，从南方来，那两个土包子是我的助手。我是……呵！"他停了下来，因为伙计正在给他搓背。他深吸了一口气，"我是个丝绸商，来此消闲数日，没想到碰上这可恶的天气。"

他们谈了一会南方的天气，伙计则开始帮狄公搓背。接着，狄公跨入水池，在热水中舒展开四肢。

那胖子让伙计替他擦干身子后，便对两个打拳的简短吩咐道："走！"两人很快擦干了身子，乖乖地跟着那胖男子向更衣室走去。

狄公心想，这位姓郎的倒不似苏校尉提起的那类富有的恶棍。他的外貌甚至有点与众不同，一张匀称而略带傲气的脸，留着稀疏的山羊胡子。富商经常带着贴身保镖出门。热水令狄公僵硬的四肢放松。他觉得有点饿了，便从池中出来，让伙计替他擦干身子。

他的两个行囊已经取来，放在更衣室的一角。他打开第一个袋子准备拿干净的衣服，但却突然停住了。他的袋子通常是由他的随从马荣准备的。马荣是个爱整洁的人，但这些衣服却叠得马马虎虎的。他马上打开第二个袋子。他的睡衣、棉布鞋和备用帽都在，但这个袋子也被翻过了。他快速察看放在架子上的帽子，下面织锦钱袋里的东西虽然一件没少，但他的新身份公文的一角却给濡湿了。

"这位郎刘真是个好奇的家伙，"他喃喃地说道，"或许他只是谨慎而已。"他穿上一件有点皱巴巴的干净白棉衫，再套上一件深灰色宽袖长衫，疲惫的双脚穿在那布鞋里，真是十分舒服。湿衣服和脏马靴就留在那儿由伙计来收拾。狄公戴上黑纱方帽，拿起剑和葫芦，回到客栈大厅。

那小伙计把他带到楼上的一间房里。房间小而整洁，伙计点亮了蜡烛，并跟狄公说晚餐马上送到。狄公打开窗子，此时雨已经停了，月光皎洁，照在经雨冲刷的屋顶上，闪闪烁烁。他注意到，客栈的后院似乎很冷清。这后院中央是一片低矮的树木和杂乱的灌木丛，树丛后面，靠后墙建了一间低矮的储藏室，一条狭窄、昏暗的小径通往客栈后门，门半掩着。院子右侧是马厩，这让他想起，还得告诉马夫明天去铁匠铺把马牵过来。

嘈杂的叫喊声和杯盘的碰撞声从左边的厢房里传出来，显然那便是厨房了。院子一角，有一个简陋的养鸡场，也许是某个厨师揩油的好地方。一阵敲门声响起，他转过身来。

他欣喜地看到，一位身着蓝色长袍的窈窕女子走入房内。她纤细的腰上束着一根红腰带，腰带的两端打着穗子，一直垂到地面。她将晚餐放在桌上，狄公对她和善地说道：

"姑娘，在码头上我见过你。你不该去看的，那着实怕人。"

她闪亮的大眼睛透出腼腆。

"有魏掌柜带着奴家呢，客官。校尉大人说，须得两位亲戚到场确认尸身。"

"原来如此，我看你也不像是婢女。"

"奴家是魏掌柜的远房表亲。六个月前，奴家父母双亡，遂由表舅魏掌柜照顾。因今日发生了意外，婢女们都人心惶惶……"

她用左手掠起右手的袖子，给狄公沏了一杯茶，姿势颇为优雅。烛光下，狄公看得清清楚楚，这姑娘不光长得美，而且有一种难以形容的魅力。狄公在桌旁坐下，不经意道：

"楼下有一间很好的旧式澡堂。洗澡时我遇到一位姓郎的客官，他在此处住很久了吗？"

"刚来了十来天。但他常来此地，他在镇上有一家丝绸铺。他很富有，出门总带着下人，至少七八个。他们住楼下，我们这里最好的厢房。"她把碗碟放在桌上，狄公拿起筷子。

"码头上，我听魏掌柜说，那个不幸的账房偷了他二十锭银子。”

她鼻子里哼了一下。

“客官，这些银子没准是我表舅凭空想象出来的，他只是希望得到那笔由官府归还的钱。泰明可不是贼，客官，他是个单纯快乐的小伙子。为何那些强盗如此凶残？泰明身上从来不带那么多钱的。”

“无非出自强人歹意，他们自是希望他身边带许多钱。你跟他很熟吗？”

“是的，我们经常到河边去钓鱼。他是在这儿土生土长的，对河里的角角落落都十分熟悉。”

“你跟他……十分要好吗？”

她嫣然一笑，摇摇头。

“泰明喜欢让我跟着他一块钓鱼，因为我船划得好。要不是这样，他还不知道有我这个人在他身边呢，他正全心地……”突然，她打住话头，咬着嘴唇，然后耸耸肩继续道：“也罢，他人已经死了，告诉你也无妨。这位账房正热恋着我的表舅妈，你明白吗？”

“你表舅妈？她一定比他大得多！”

“是的，我想大十岁吧。但他们之间倒从来没有什么事。他对她只是喜欢，不敢有非分之举。而她也不在乎他，因为她已和另一个男人私奔了。你也许也听说了。”

“你知道那男人是谁吗？”

“我表舅妈对那事瞒得很紧。我做梦也没想到她会对我表舅不忠，所以当表舅告诉我她跟别的男人走了时，我几乎不敢相信自己的耳朵。她平常总是十分文静、善良……比我表舅好得多！"她淡淡地笑了一下，露出称扬的神色，又说道："跟你说没关系，也许因为你是个行医的医生。"

不知怎的，最后那话叫狄公好生不快。他问起了先前想到的那个问题：

"那账房对你表舅妈很痴迷，可她跟别的男人私奔了，泰明是否会十分痛苦？"

"不，他一点也不悲伤。"她轻轻拢了拢头发，若有所思地说道："想想倒也真奇怪。"

狄公扬了扬眉毛。

"你能肯定？朝思暮想，比一见钟情对一个人的影响更大。"

"那当然。有一次，我甚至还听到他算账时哼着曲子呢。"

狄公夹起咸菜，慢慢地嚼了起来。魏氏成功地欺骗了她的外甥女。那账房当然是她的情郎，泰明尸体中所发现的地图上有一带红标记的山庄，显然她已到了那里。他们商定，二十来日后账房再前往该村。可是，他在路上遭强人袭击，被杀害了。现在，他的相好肯定在十里村徒劳等候。他要把这情形告诉苏校尉，并让他转告邻县的衙门。人人皆以为，泰明被盗匪所杀，可情况也许要复杂得多。"嗯，你刚才说什么？"

"医生，我问你到此是否为看病行医。"

"不，我只是想自在几日，想在此钓钓鱼。你得告诉我到哪儿去钓才好。"

"行，这我可是行家。我可以让你坐我们的船，我会带你到河上去钓鱼。今天我得帮婢女们干些活，明天一早我就得空了。"

"那有劳姑娘了。我们得看一下天气如何。顺便问一下，姑娘芳名如何称呼？"

"我叫凤儿，医生。"

"好，凤儿，我不该打扰你做事。谢谢你。"

他兴致勃勃地吃完饭，悠悠地喝了杯浓茶，便躺在椅子上。他感到快乐、舒适。楼下有人在弹琵琶，那轻快的乐曲幽微传来，使得客栈显得格外的宁静。狄公听了一会儿，觉得曲调有点熟悉。乐曲停止时，他站了起来。

他觉得，他对苏校尉行事及动机的担忧，定是因为在林中长时间骑马过度疲劳所致。苏校尉对外人于本地情形的看法颇感兴趣，这有何不妥？至于精心安排他的假名，断案勘察之人皆乐于此道。我只需做我自己的事就行了。狄公微微一笑，站起来向靠墙的桌子走去。他打开一个上了漆的盒子，里面装有文房四宝。他挑了一张上好的红纸，折起来，撕成六张长方形的纸片，然后蘸了蘸毛笔，在临时制成的名刺上写下他的新名字"医生梁谋"几个大字。他把这些名刺纳入袖中，拿起剑和葫芦往楼下走去。他觉得有必要看看这个小镇。

客栈大厅里，魏掌柜正站在柜台边低声跟伙计说着什么。见他下楼，客栈掌柜赶忙迎向狄公。他躬身深施一礼，嗓音嘶哑地说道：

"医生，在下魏成，是这家客栈的掌柜。刚才有人给您送信来，因为他没报姓名，我便叫他在外面等着。我正要让伙计上楼去告诉您。"

狄公暗自发笑，定是苏校尉派人送信来了。他找到放在门旁的马靴，穿上后走出门去。一个高个男子双手抱在胸前斜倚在柱子旁，身着黑色上衣和宽大的黑色裤子。他的上衣和圆帽都有红色绳边。

"在下医生梁谋，不知有何贵干？"

"一位病人想请您去诊视，医生，"他简短答道，"就在那边轿子里。"

狄公暗自寻思，苏校尉派人送来的讯息定是秘密的，遂跟着来人向街道那边一顶遮着黑帘的大轿走去。靠墙蹲着的六位轿夫马上站了起来，他们和那带路的穿着同样的服装。狄公把轿帘撩开。他呆住了。里面坐着一位年轻女子，外着黑色披风，玄色围巾把她美丽、高傲的脸衬托得更为苍白。

"在下……在下必须告诉你，我不看妇女疾病，"他喃喃地说道，"我劝你还是……"

"进来，细说于你听。"她打断他。她往旁边挪了挪，给他让出一点空位。狄公刚在狭窄的轿凳上坐下，那轿帘便放了下来，轿夫抬起轿子飞快地跑了起来。

四

▼

　　狄公冷冷地问道："这是何道理？"

　　那女子马上答道："我母亲要见您。她名唤凤仙，是公主殿下的女官，统领宫女。"

　　"令堂染恙在身？"

　　"等我们出了镇，到了林子里再说不迟。"

　　狄公决定先了解她的秘密使命，然后再问她不迟。轿夫放缓了脚步，外面十分安静。

　　走了一会儿，那女子突然把帘子撩开。他们正走在一条林中小路上，一路松树林立。女子不经意地解下围巾。她的发髻简洁高雅，上面以金丝盘起，微微上翘的鼻子露出傲慢的神态。她转向狄公，口气蛮横地说道：

"现在我得告诉你，对所发生的一切我一概不知！我只是听吩咐，因此你不用多问。"她在凳下摸索了一阵，拿出一只医生出诊用的红漆猪皮药盒放在腿上，继续道："在这箱子里，有一叠空白处方笺，十几张你的名剌，还有……"

"我自己已准备了名剌，谢了。"狄公简短道。

"不必客气。还有些膏药和无关紧要的药粉。你到过上游八十里外的万湘镇吗？"

"我曾路过那儿。"

"好，关帝庙后是告老还乡的郭大人府邸，那郭大人本是宫里管文案的，听说你从京城来，前些天他叫你去看病，因为他患有哮喘。现在，你正准备回京。你可都记住了？"

"尽力而为。"狄公冷冷道。

"郭大人写信给我母亲，说你将路经此地，所以我母亲想请你看一下。她也患有哮喘，昨天还发作了一次。"她很快瞥了一眼狄公，不快地问道："你为何带着剑？叫人瞧见会坏事的，快放到凳下去！"

狄公慢慢从身上解下剑。他知道外人不许带武器进宫。

在寂静的林中行了一阵，道路渐宽，他们走进一双扇的拱形石门，穿过一座宽阔的雕栏石桥。护城河对岸是碧水宫高大的宫门。那女子把轿帘放下。突然，狄公听到一声吆喝，轿子便停下了。轿夫领班跟哨兵耳语了一下，便把他们抬上台阶。接着，一阵拉开门闩、门轴转动的刺耳声音后，传来更多的吆喝声。他们又被抬了一段路后，轿子落下。两侧的轿帘同时被撩开，射入轿内耀眼的亮光令狄公一时睁不开眼。当他睁开眼时，看到羽林军校尉的脸，在他身后，站着六名羽林军兵卒，皆身穿金色盔甲，手握利剑。羽林军校尉向那女子简短道：

"没您事，姑娘。"然后向狄公道，"报上姓名、职业和来访事宜！"

"我是医生梁谋，应公主殿下的女官凤仙之召前来诊病。"

"请下轿！"

两名羽林军兵卒迅即熟练地搜了狄公的身。他们甚至搜了他的靴子，搜出了他的身份公文。羽林军校尉看了一下。"好，医生，离开时你再取回吧。姑娘，把医生的药盒拿来！"他打开药盒，用胖手指搜寻了一番便递给了狄公，然后去取那葫芦。他打开葫芦盖，摇了几下，确定里面没有匕首，然后还给狄公。"现在你可换乘宫里的轿子。"

他喊了一声，穿着丝质仆役制服的四名轿夫抬着一乘华丽的轿子走来。那轿子的扶手是镀金的，轿帘是织锦的。狄公和那年轻女子进入轿内，轿子穿过大理石铺成的院子，四下里一片寂静。羽林军校尉在前引路。宽敞的院子中点着无数盏油灯，灯罩都是用丝绸做成的，高高地放在红漆架子上。几十名羽林军兵卒全副武装，身穿盔甲，带着弓箭，在那里巡逻。旁边的院子非常安静，宫女们身着飘逸的蓝色长裙在长廊边的柱子间穿行。狄公指着荷塘中潺潺的流水说道：

"这里的水都是从河里流过来的，是吧？"

"这就是称其为碧水宫的缘由。"那女子答道。

在门楼的鎏金门前，两名手持长戟的兵卒拦住了轿子。羽林军校尉说明来意后，他们被允许继续前行。兵卒拉上轿帘又从外面将其系紧，坐在轿中的两人又陷入一片黑暗中。

那女子解释道："外人不得窥探内宫布局。"

狄公记得，在苏校尉府衙的地图上，碧水宫方位乃一片空白。的确，宫里无严格的安全措施决计不行。他很想弄清楚他们行进的方向，可不久便没办法数清拐了多少个弯、上上下下了多少台阶。轿子落下，一位全身束甲、头戴饰有彩色羽毛头盔的大汉请他们下轿，另一位大汉用大刀刀柄敲了几下上镌有龙凤的宫门。狄公瞥了一眼铺有地砖的院子，院子四周皆为紫色高墙。门开了，一位胖宦官示意他们进去。他身着金色绲边的长袍，头戴黑帽，有一张沉稳的圆脸，肉鼓鼓的大鼻子，脑门光秃，没有毛发。这位胖宦官向那女子点头招呼，然后对狄公细声细腔地高声说道：

"在你过金桥前宫中总管要见你，医生。"

"我母亲病了，"那女子马上阻止道，"医生必须马上去看她……"

"总管大人的命令十分清楚，"圆脸宦官平静道，"姑娘，请您等在这儿。医生，这边走。"他指着一条幽静的长廊。

五

狄公吃了一惊，他意识到自己只有很短的时间做决定，亦即到走廊尽头那扇金漆门前这一会儿。

迄今为止，他对事情的进展并不担心。以此种非寻常方式召他前去之人，定是个异常重要的人物，且对他的真实身份了如指掌，料想那个心思缜密的苏校尉早已向上禀报。那人希望对他来访的真实目的保守秘密，并愿对他冒名进宫负起全责。但是，那个未曾谋面的人物显然不曾料到宦官总管会来插手此事。在即将到来的会面中，狄公唯有两条路可走：要么向内廷命官扯谎，可那与他尽忠报国的信念相悖；要么说出实情，但如此一来，不知又会惹出什么，他自个儿也无法预料。实情可以坏一件好事，但没准也能阻止一场罪恶的阴谋。他竭力把持住自己。如果某个佞臣狗官想利用他来达到不可告人的目的，那就意味着：他诚实、正直的英名不再，而随之到来的处决也是咎由自取。这个想法倒让他重拾信心。当那胖嘟嘟的宦官敲门的时候，狄公从袖管里摸出一张早在翠鸟客栈中写好的名刺。

他跪在门内，恭敬地把名刺用双手举过头顶。有人把名刺接了过去，他听到一阵简短的耳语声，然后一个细细的声音粗暴地说道：

"罢了，罢了，我全知道！给我看看你的脸，医生梁谋！"

狄公抬起头来，甚是惊讶，因为眼前并非富丽堂皇的官府，倒像是一位老学究的书房。房间内，左右两边是高高的书架，有织锦包裹的书卷，也有手抄卷。后边宽大的窗户正对着一个精致迷人的花园，窗扇开着，园内鲜花在千奇百怪的太湖石间开放。阔大的窗台上有一排兰花，植于精美的瓷盆中，淡淡的幽香弥漫在静静的屋子里。红木桌旁，一位老者躬身坐在一张巨大的雕花乌木椅上。他穿着宽大的闪闪发光的织锦长袍，那长袍从他狭窄的肩膀垂下来，仿佛一个帐篷；稀疏的灰色八字胡和山羊胡，高高的头饰，金饰品和闪闪发光的珠宝，让他那灰黄色的脸显得既小又憔悴。椅子后站着一位身穿黑衣的宽肩高个男子，老者面无表情地任红色绸带滑过多毛的大手。过了一会儿，他抬起眼皮茫然地打量了一下狄公，然后道：

"起来，走近点！"

狄公连忙站起身，向前走了三步。他躬身深施一礼，然后从宽大的袖管中抬起手，等着宦官总管向他发话。边上有重重的喘息声，他明白，那个胖宦官就站在他身边。

"为何宫女总管凤仙要召你进宫？"老人语带挑剔地说道，"我们这里可有四位良医啊。"

狄公恭敬道："小人哪敢与宫中御医相比，只是小人碰巧给郭大人治同样的病，托其洪福，其病情略有好转，许是郭大人出于好意，将小人浅薄之医术夸大了些，告与凤仙总管。"

"原来如此。"总管缓缓地摸着下巴，愀然不乐地看了狄公一眼。突然，他抬起头，果断命令道："我们单独谈谈！"那个穿黑衣服的人向门口走去，胖宦官也跟了出去。门在他们身后关上，老人自椅中慢慢站起。要不是背有些驼，他几乎与狄公一般高。他语带疲倦地说道：

"我要让你看看我的花。过来！"他拖着步子向窗口走去。

"这株兰花乃稀世珍品，最难培育。它有一丝淡淡的幽香。"狄公俯身向花，老宦官继续道："我每天亲自照看它。给予其生命并养育之，医生，这些并非是我这样身份的人不能做的。"

狄公直起身。

"大道行于天，生命之作，在在皆是。大人，将其专美于人不可谓明智。"

老人若有所思道："同智者交谈确是一种安慰。只是，医生，宫里耳目太多，太多啊！"接着，他眼中似有戒备之色，问道："告诉我，为何你选择行医为你的职业？"

狄公想了一会儿。这问题有两种解释，他想还是谨慎为妥。

"大人，古人云，疾病灾难乃偏离常规之态，在下一心想将其重纳入自然常态，此法颇值得一试。"

"你会发现，失败与成功对半。"

"在下只是尽力而为，大人。"

"甚有道理。"他拍拍手，待那胖宦官再次进来时，老人对他说："医生可以通过金桥了。"接着对狄公淡淡地说道：

"我相信来此一次即可。我等对凤仙总管的健康甚为挂念，但也不能总让外人进出。去吧。"

狄公躬身深深施礼告别。总管在桌边坐下又开始伏案工作。

胖宦官把狄公带回走廊，见那年轻女子正等在那里，便对她假意殷勤道："姑娘，您可以带着这位医生过去了。"姑娘没搭理他，转身便走了。

长廊尽头有一圆形月门，两名高大的羽林军士卒守卫在两边。胖宦官打了个手势，羽林军士卒开了门，他们三人便走进一座华丽的花园。一条小河将园子一分为二，一座雕栏大理石桥横跨小河上方，桥宽仅三尺，精雕细刻的栏杆上镶着金。对岸是紫色的高墙，仅留一扇小门。高墙上方，一座蜿蜒伸展、卓然特立的宫殿金顶已然可见。宦官在桥边停下，说："我在这儿等你，医生！"

"等到你没了分量，呆子！"年轻女子快嘴答道，"但别把你那臭脚放到桥上！"

当她带着他过桥时，狄公知道，自己已进入严格限制的禁地，三公主的寝宫。

两位宫女带他们来到一个宽敞的院子，一群年轻女子正在垂柳下闲逛，一看到有陌生人，便叽叽喳喳说个不停，饰有珠宝的头晃动着，在月光下闪耀不已。领路的宫女把狄公带入小小的边门，来到竹园，又步入露天凉台，但见一位神态安详的中年侍女正在茶几旁准备茶水。她向年轻女子行了礼，低声道：

"夫人正咳得厉害。"

那女子点点头，把狄公带入陈设豪华的内屋。待她去闩门时，狄公好奇地看了一眼占了大半个后墙的大床架。紧靠着织锦床幔，高高的床边柜已准备好，柜上放着一个小小的垫子。

"娘，梁医生到了。"年轻女子说道。

床幔往两侧分开了一寸宽，露出一只布满皱纹的手，细细的手腕上戴着一只刻有龙纹的纯白玉手镯。年轻女子帮助把手放在垫子上，然后走到门旁站着。

狄公把药盒放在床边柜上，便开始给病人把脉。突然，床幔后的女人急促地对他低声说道：

"快从此床架左边的嵌板进去，快！"

狄公吃了一惊，放开她的手腕，从床边绕过去。黑暗的壁板上有三块高高的嵌板，他向靠床的那块推了一下，嵌板立即无声地开启。他进入了一间侧厅，里边点着一盏白绸罩灯。灯下，一张结实的乌木长榻上坐着一位女子，她正读着一卷书。

狄公立刻跪下，因他看到了黄色织锦缝制的皇族服饰。静谧的房中只有他们两人，唯一可听见的是长椅前的铜炉中燃烧着的檀香木所发出的轻微噼啪声。蓝色的火焰令阵阵奇香充斥整个房间。

那女子抬起头，以清晰悦耳的声音说道：

"狄卿请起。时间紧迫，不必拘泥礼节。"她将书放到长榻上，用困惑的大眼睛打量着他。狄公深吸一口气，她实在是他见过的最可爱的女子：鹅蛋形的脸略显苍白，两根晶莹的碧玉簪把头发绾成高高的双髻，两眉弯弯，樱桃小口，煞是俏美，却又尊严非凡，雍容华贵。她缓缓说道：

"狄卿，我召你来，乃是因为我听说你断案如神，且又忠心于圣上。我以此非寻常的方式召见你，乃因我要你查的事必须严守机密。两天前，快至午夜，我在靠近外墙的凉阁里独自望着河水出神。"她看了一眼绢纸糊的窗格，继续道："就似今晚一样，皓月当空，我站在窗前，欣赏着美景。那时，我取下了项链，将其放于茶几之上，那茶几就在门左侧。狄卿，那串项链系宫中珍宝，由八十四颗硕大无比的珍珠串成。父皇把它送与母后，母后仙去后，便传给了我。"

三公主止住话头。她看着自己那双白皙的手，又继续说道：

"我之所以将项链取下，乃是有一回我伏身窗台，因为身子探出窗外而丢失了一只耳环之故。我在那儿不知站了多久，完全沉浸于河中的美景。可当我转身想回内宫时，却发现那项链不见了。"

她抬起有着长长睫毛的眼睛，直视着狄公。

"我马上命人在宫内宫外彻底搜查，可连一点蛛丝马迹也未曾发现。后天我便要回京了，在那之前我必须得找回项链，因为父皇总要看到我戴着它。我想……不，我相信这一定是个外贼，狄卿。他定是划船而来，爬墙入宫，当我站在那儿背对他时，他便偷去了项链。那时，宫中上下人等我都彻底搜过，故敢断言此贼定是宫外之人。所以，狄卿，我让你负责调查此事。你须得十分秘密地寻找项链下落，切不可让宫内宫外的人知道我让你调查

三公主秘密召见狄公（高罗佩　绘）

此事。一旦找到项链，你便以官员身份来见我，将项链公开交与我。狄卿，把你衣领的接缝撕开。"

待狄公把长袍右边的领子接缝撕开之际，公主从自己袖中取出一张紧紧折叠的黄绢纸。她把那张绢纸放入他长袍衣领的衬里。公主身材修长，发髻擦着狄公的脸，狄公闻到了淡淡的香味。少顷，她又坐下，道：

"我适才给你的那张纸可让你直接进入宫中，无人敢阻拦。你得把它和项链一块还给我。"她美丽的嘴唇一翘，微微一笑，"我把我的幸福交到了你的手上，狄卿。"

言罢，公主忧郁地点了点头，又拿起那卷书。

六

　　狄公深施一礼，便又回至宫女总管的房内。嵌板在他身后无声地合上，凤仙夫人白皙的手仍然放在那小小的垫子上。他刚伸手要去把脉，门外有人敲门，她女儿轻轻地把门闩拔开，让两位侍女进来。一位捧着文房四宝盒，另一位捧着一只竹篮，里面有一件干净的睡袍。

　　狄公让那纤细的手缩回，转身打开药盒，取出处方笺。他向第一位侍女点一下头，从她手捧的盒内挑了一支毛笔，迅速开出处方，系镇定散火的药剂。狄公对凤仙的女儿道："速速去抓药，在下深信，此药对病人大有裨益。"他合上药盒，向门口走去。那年轻女子带他穿过院子，来到桥边，未道别便走了。

　　桥那头，那胖宦官正等着他。"你病看得倒快嘛，医生。"

他满意道。然后引着狄公穿过许多条长廊，待到大门口时，一乘轿子早已守在那儿。

坐在轿子里，狄公靠在柔软的椅背上，脑中仍回想着这次叫人吃惊的召见。公主只告诉了他事情，并没有更多的线索。

虽然其中另有隐情，可她不能或不愿详细说明。狄公凭直觉知道，她未曾说的情况比此事本身更重要。公主认定这项链是为外人所偷，但这偷盗者在宫内显然有内应。因此内应必须先知道公主殿下在凉阁中的确切时间，然后再通报偷盗者"公主已取下项链，放于茶几上"。那内应须得在宫中某个可以看得见公主的地方，然后才可能给守在凉阁下的小船上的偷盗者打暗号。

狄公双眉蹙紧。乍一看，这似乎是个极冒险且复杂的计划。纵令公主真的常在午夜时分站于凉阁窗前，可大部分时间必定有一两个甚至更多的宫女随侍她左右，偷盗的谋划者绝无可能在每一个月明之夜，均将小船泊于宫墙凉阁下。何况宫内有羽林军兵卒日夜守卫，如有船泊在那儿，很快就会被发现。他愈想愈觉得不对劲，一切显得那么牵强。唯一清楚的是，她找我狄某帮忙是因为她怀疑某个最亲近的侍从与偷盗有关，故而她需要一个与宫中无关联且宫中亦无人知晓的官员来查办此案。为此，她一再强调要严守机密。不过，狄公心下遗憾，公主并未说她所居住的那一区域的宫内详情。狄公自忖，目下的首要任务显然是要从河中观察一下碧水宫北墙，研究凉阁的位置以及附近区域。

他叹了一口气。他不再担心以化名入宫，也不再担心向宦官总管说谎了。他衣领衬里的密令必然清楚道明他当下正听命于三公主。当然，他更不用担心苏校尉有何不良动机了。那个机敏的家伙定是早已知晓这宗失窃案，也许通过他的上司，羽林军中的康郎将，并已参与了此案的勘察。苏校尉推荐他狄某为合适人选，由他狄某人来秘密调查此案。狄公苦笑一下。那家伙瞒得他好苦！

轿子停了下来，帘子被撩开。他们来到了之前狄公和凤仙之女换乘轿子的那个院子。一位羽林军队正对他粗鲁说道：

"随我来。我奉命带你去见苑总监大人。"

狄公咬着嘴唇。如果身份被识破，他就会在还没有开始调查前就辜负了公主对他的期望。他被带入一个高高的大厅，大厅中央有一书案，案上堆着厚厚的纸。案后坐着一个瘦削的男子，面目板正，蓄着灰色的八字胡和如细线般的山羊胡，更显示他过着一种清心寡欲的生活；棕色的带翅官帽绲着金色的边，平肩膀包裹在棕色织锦的长袍里，他似乎正埋首于眼前的一大堆公文中。一位肥胖的幕僚穿着蓝色长袍，戴着幕僚常戴的帽子，站在他的椅后，正读着什么。桌前另有十来个幕僚，有的拿着公文盒，有的拿着厚厚的文案。当狄公低首作揖行礼时，他感到这伙人望着他，眼光直刺他的后背。

"大人，医生梁谋带到。"那队正报告说。

苑总监抬起头。他往椅背上靠的时候，狄公迅速瞥了一眼苑总监和幕僚正在研究的公文。他的心不禁一沉，因为那正是他自个儿的身份公文。苑总监用他锐利的小眼睛紧盯着狄公，声音刺耳地问道：

"凤仙夫人的病情如何？"

"小人给他开了几服药，大人。在下相信她很快便可康复。"

"你在哪儿给她看的病？"

"在下以为，那是在她的卧室，大人。她的女儿也在场，还有两位侍女。"

"知道了。希望你的几服药能药到病除，医生。她得益在先，你得益于后。既然你已接手看她的病，从当下起你须得对她负责，医生。"他把身份公文还给狄公。"没我的许可，你不准离开滨河镇。你可以走了。"

队正带狄公出去。刚行至院子中央，队正突然停步行礼，一高个子武将从他们眼前大步流星走过。他身着羽林军郎将穿的金铠甲及带羽毛的头盔，铁靴在大理石地面上铿铿作响。一闪间，狄公只瞧见一张苍白英俊的脸，蓄着黑色八字胡，颌下的胡子刚修剪过。

"那就是康郎将吗？"他问队正。

"是的。"他把狄公带到头一个院子，院门前停着一乘黑轿，正是将狄公从翠鸟客栈接来的那顶。他坐进轿内，被抬出了高高的大门。

当经过宽阔的横跨环宫城小河的大理石桥时，狄公掀开轿帘，让晚风吹拂他涨红燥热的脸。他假冒的身份公文居然能蒙骗过关，这让他大大松了一口气。但如何解释那宦官总管和苑总监的怀疑态度呢？是否这些高官大吏对进宫的陌生人都抱持敌意？或者他们和项链失窃一事有关联？不，那可完全是他的想象。这些宫里的高官当然是不屑去干那样一宗窃案的，钱对他们而言毫无意义，可若真是那么回事儿，那他们又为何要冒险……蓦地，狄公坐直了身子。是否那珍珠项链乃朝廷党争的某种信物？要那样的话，便可解释公主召他进宫时为何要如此严加保密了，即使对她最亲近的侍臣，即宦官总管和苑总监也是如此。另一方面，如若他俩对项链特别感兴趣，并怀疑他见过公主，且已知晓项链失窃一事，那他们为何不严加盘问便放走他呢？看来，他们只能放他通行了，因为他们不敢公然与公主作对。

他们应当是计划在宫外除掉他，并将其伪装成意外事件。他向凳下摸去，可他的剑已不见了。正在此时，轿子停了下来，一个穿黑衣的高个男子把轿帘撩开。

"请下轿吧，医生。沿这条道，一会儿工夫你便可回到镇上了。"

这不是去接他的那个小头目。狄公下了轿，向四周扫了一眼，他们似乎在松树林中。轿夫们冷冷地看着他。

"既然离镇不远，"他对小头目道，"就相烦诸位把我抬到客栈吧。目下我甚是劳累。"他正欲再跨入轿内，小头目却挡住了他。

"抱歉之至，医生，我等也是奉命行事。"轿夫们抬起轿子，飞快地转身向来路跑去，他们的小头目则殿后。狄公独自一人被扔在寂静的山地松林里。

七

狄公在原地站了一会儿，捋着长长的络腮胡思索着。眼看大难临头，但他却无能为力。要么离开小道，可那会在树林中迷路，于事无补。如果刺客早已安排好，他们定然非常熟悉周遭环境，早于此地周围设下陷阱。他决定先弄清自己的担心是否多余，没准轿夫们只是奉凤仙夫人的命令行事，她不想让人看见一乘宫里的轿子把他公然送回镇上。门口的羽林军校尉可能检查了轿子，发现了他的剑，并将其没收了。他必须设法找回那把剑，因那是把名剑，很久以前由一位铸剑大师所铸，是狄家祖传之宝。他把药盒放入长袍的内襟内，沿着路，在树影下缓缓向前。狄公心知肚明，把自个儿交给一个跃跃欲试的弓箭手当靶子射，可真是愚蠢透顶。

他不时停下来仔细谛听，未见有人跟踪的迹象，也听不到一丝声响，看来小镇离此尚远。他正待转身，突然听到前面有响声。

他迅疾钻入树林，又听了一阵。折断的树枝在他身边噼啪作响。于是，他离开树林，在灌木丛中前行，发现一高大黑色之物在松林中徘徊。原来是一头老毛驴在吃草。

狄公走近一看，见一副拐杖靠在路边一棵大树旁，葫芦大师正坐在树下一块长满苔藓的大石上。他仍穿着破旧的棕色长袍，但灰白的头上未戴帽子，只是扎着一块黑色的头巾，一身道士的打扮。他的葫芦就在脚边。老人抬起头来。

"医生，这么晚了你还出门？"

"我出门散散步，吹吹凉风。大概迷路了。"

"你的剑呢？"

"听说这儿走走挺安全的。"

葫芦大师鼻中哼了一下。

"你是个行医的医生，贫道想，你得学会不轻信道听途说。"他起身去找他的拐杖。"罢了，我又得来给你领路了。随我来，沿着这条古道不会有麻烦。"他把葫芦系在腰带上，爬上了驴背。

狄公心里一阵快意，有葫芦大师这样的名士做伴，敌手想来不会公然袭击他。他们走了一阵，狄公微笑着说道：

"今天下午在镇边的松林里遇见您时，着实吓了我一跳！我的眼睛发痛，光线又不好，还以为看到了自己的魂灵。"

葫芦大师勒住驴。

狄公也听到有东西在树林中移动。他迅速抓起拐杖，轻声道：

"如果有人袭击我们，请走开，在下可以应付。我会用棍子，别担心！"

"我不担心，没人能伤害贫道。医生，贫道只是一空壳，且已有多年了。"

说时迟那时快，但见三个大汉跳到路上。他们身着粗布衣裤，头发用红布条扎着。三个人都拿着剑。其中两个还拿着短矛，他们一个抓住驴子的缰绳，另一个举起短矛向狄公吼道：

"乖乖地别动，狗杂种！"

狄公刚要用拐杖刺过去，突然觉得背上痛得厉害。

"不要动，狗头！"一个声音在他身后吼着。

"把拐杖给我，医生，"葫芦大师说道，"两根都要。"

"这个老东西该怎么处理，头儿？"挥短矛的人问道。

狄公身后的人说道："一块带走。活该他倒霉。"狄公的背上又有被剑刺痛的感觉。"走！"

狄公想，眼下他不能干什么。这伙无赖是得了钱来杀人的，并非一般剪径的强人，但他自信可以对付他们。他一边往前走，嘴里一边说道："希望别遇上羽林军的巡逻。当然，我是为你们好。"

他身后的人大声笑道，

"羽林军兵卒们现在正急着干别的事呢，蠢货！"

歹徒带着他们的俘虏沿着一条狭窄的小道向前走着。一个人牵着葫芦大师的驴子，另一个手中拿着短矛跟着，还有两个走在

狄公再会葫芦大师（高罗佩 绘）

狄公身后。

这条小径通往一块空阔地。一座低矮的砖房建于树林中。他们向另一所房屋走去，看上去像一个废弃的货仓。走在前面的人松开驴子的缰绳，踢门入内，屋里马上出现亮光。"走！"狄公身后的那个人用剑抵着他走了进去。

这货仓是空的，只在一角堆着几包东西，右边的柱子前放着一只木凳，光源来自墙壁凹处的一支蜡烛。狄公回转身，终于看清了他们的头领，此人长得粗壮高大，和狄公一般高，毛糙的面孔蓄着短粗的络腮胡子，手中擎着一把长剑。另外两个，一个手持短矛，另一个手持剑，皆獐头鼠目、身板结实。狄公走到屋中央，想伺机从敌人手中夺得一件武器，但显然这伙人是老手，手握着武器，却跟他保持一定的距离。

葫芦大师一瘸一拐地走了进来，后面又跟着一个持短矛的。老人直接走到凳子旁坐了下来。他把两根拐杖放在两腿中间，对狄公道：

"我说医生，你也坐下，也可舒服一下。"

狄公坐下。他假装放弃抢夺武器的念头，这样便可以让敌人放松警惕。那头领站在狄公和葫芦大师之前，另两位分别站在凳子的左右两侧，第四位站在狄公身后，手中握着剑。额下蓄着胡须的头领用大拇指试了一下剑锋，正色道：

"我们兄弟几个要你们明白，咱们跟你们没啥过不去的。可人家出了钱，咱们就得按人家的吩咐办事，这是咱们这行的规矩。"

狄公心说不好，那些黑道上的歹人非常迷信，杀人前总要这么说，以免死鬼缠身，给他们带来厄运。

"我等清楚这点，"葫芦大师轻声说道，然后举起一根拐杖，用颤抖的手指着歹徒头领，"可我搞不懂，为何他们选中你这类丑八怪来干这事。"

"你给我闭嘴，老东西！"头领愤怒地叫道。

他向葫芦大师走去，"我先要……"

就在此时，葫芦大师突然紧握手中的拐杖，猛向前刺去，正好击中头领的左眼。那头领痛苦地号叫一声，剑掉在了地上。狄公飞身向前，抓住了剑，而此时身后那人的利器也从他肩膀上擦过。狄公迅速站了起来，转过身，把剑刺向另一个歹徒的胸膛，那人正从后面去刺葫芦大师。狄公从敌人身上拔出剑，看到那头领骂骂咧咧地扑向葫芦大师。只见葫芦大师的拐杖闪电般又一次刺出，刚巧刺中大个子的腹部。这时，另一持剑者向狄公头部袭来，见此状，狄公跃身向后一闪，躲过此剑。狄公左首那个手握短矛的歹徒欲将矛掷向狄公，可葫芦大师用拐杖柄勾住了那家伙的脚脖，把他绊倒在地，手中的短矛也随之落地。葫芦大师顺势用拐杖把短矛勾到自己身边。高个子头领在地上打滚，手捧肚子，呻吟不已。

狄公此刻发现，对手剑法娴熟，经验丰富，他不得不全神贯注对付。适才狄公夺来的剑不如他祖传的"雨龙"名剑好使，但使了一阵后，多少也习惯些，倒也能将对手逼得频频招架。同时狄公也留神注意另两个歹徒。眼下，他得全力以赴，因对手正使出浑身解数，并连出凶招。

待狄公重占上风后，迅疾瞥了葫芦大师一眼。老人仍坐在凳上，但手里却多了一把剑。高个子头领摇摇晃晃地站起身来，拼力倚墙撑住身子。就在狄公分神之际，对手的剑飞快刺穿了狄公的葫芦，直奔狄公胸口而来。狄公未及躲避，尖刀已擦伤他的前臂。原本这一剑可以刺进他的胁部，皮革药盒挡了这一剑，救了他的命。

狄公往后退了一步，舒展长剑，连出快招，重发攻势。臂上的伤口往下淌着血，毕竟平日缺乏习练，他气喘吁吁，自忖得尽快解决对手。

他闪电般将剑自右手换到左手，这一招大出对方意料，一时措手不及，狄公扔出葫芦，挥剑刺向他的咽喉。那家伙身子向后倒去的当口，狄公冲向葫芦大师一边，欲助葫芦大师一臂之力。他向攻击者大吼一声，并转身持剑护住自己。狄公猛然呆立，眼前的情形着实令他吃惊。

只见持剑之人发疯似的向坐着的老人扑去，利剑闪电般向老者刺去。葫芦大师背靠着柱子，不慌不忙，避过每一剑。不管对手攻他的头还是脚，老人的剑皆能及时接招。突然，他将剑一压，双手把剑。对方那家伙向他刺来时，他忽地将剑一抬，双手握着剑柄紧靠两膝间的凳子，对手未曾反应过来，依旧向前扑去，而老人的剑业已刺入其腹部。

狄公转过身，那头领正向他扑来，尚好的一只眼里露出疯狂的神色。这家伙捡起一把短矛，向狄公劈面刺来。狄公闪身避过，一剑刺入他的胸膛。那头领倒地时，狄公弯腰大声问道：

"谁派你来的？"

高个子用那只独眼望向狄公，厚嘴唇扭动了一下。

"郝……"他刚一说话，嘴角就流出了污血，庞大的身子抖动了几下，便断了气。狄公直起身，擦了下受伤淌血的前臂，喘着气对葫芦大师道：

"多蒙协力救护，在下感谢不尽！阁下出其不意击伤那歹徒头领，才使我等今日免遭毒手。"

葫芦大师把剑扔到一个角落："兵器乃贫道之最恨。"

"可您使起来熟练得出奇。您剑术高妙，攻守自如，击敌时剑锋犹如银练飞舞。"

"贫道已跟你说过，贫道只是一空壳，"老人说道，"因空，贫道的对手实实刺来，便不由自主在贫道身边划过。因此贫道的动作与其一模一样，与之不分彼此。跟贫道交手，就似跟镜子里你自个的影子交手一样，结果自然是无所适从。过来，你前臂在流血。俗话道，医生得病招人怜。"

老人从死去的高个儿头领长袍上撕下一块布，熟练地替狄公包扎好前臂的伤口，说道："医生，最好到外边去看看。得知道我们在哪儿，还有这些可怜蛋是否在等什么人！"

狄公提剑走出门去。

那匹驴子在空地上静静地吃草，淡淡的月光下显得有点凄凉。四周空无一人。他向对面的房屋看去，发现那间屋后还有货仓。绕过最后一排货仓的墙角，展现在眼前的就是那条河。他们在码头的最东端。他扔掉剑，走回货仓。

正要入内，他发现门上有几个字："郎氏绸货仓"。

他若有所思地捋了捋胡须。他在澡堂遇见的那个人在滨河镇有一家丝绸铺。姓郎的人不多，这货仓定是那个爱刨根问底的家伙的。葫芦大师挂着拐杖一颠一拐地走了出来。

"我们在码头边，"狄公告诉他，"四下空无一人。"

"如此说来，贫道要回去了，医生，贫道有些累了。"

"阁下若路过鱼市铁匠铺，烦请让铁匠派人把我的马送来。我要再看一下这些死了的家伙，再把这一场恶斗报告给左翊卫府。"

"好，若需要贫道作证，他们知道该到哪儿去找。"老人骑上驴子走了。

狄公回到屋里。血腥味和四具死尸的景象让他恶心。勘察尸体前，他先去仔细察看了一下墙角的那几包东西。他用剑尖挑破一袋，发现里面确是生丝。他注意到，他和葫芦大师坐过的凳子上有黑色斑点，这些斑点看起来非同寻常，好像是不久前溅上去的血迹。他发现，凳下有几根细绳，也有干了的血迹。

他走近那些死尸，仔细搜检他们的衣服，但除了几个铜板外，别无他物。他从墙壁凹处拿下蜡烛，仔细看他们的脸。他们不似拦路抢劫的强盗，倒像是办事利索的职业刺客，也许别人出价很高。可谁派他们来的呢？他把蜡烛放回原处，突然想起公主给他的纸条。他用食指和中指慢慢从领子的衬里中夹出那张纸，就着烛光一看，不禁倒抽了一口冷气。纸三寸见方，上方赫然盖着皇上的朱红玉玺。下面写着，持此密令者为奉旨特命御史，朝廷授其全权。日期和狄公的名字是后来加上去的，系女子娟秀的笔迹。下端钤有中书令印章，另一端为三公主的印章。

他小心折好密旨，将其放回领子的衬里中。皇上把如此重要之物交付公主，足见陛下对她的信任和宠爱，也足以证明公主适才委托自己办的事不仅仅是一桩宫廷失窃案。狄公走了出去，坐在树桩上，沉思起来。

八

马的嘶鸣声将狄公从沉思中唤醒。马夫打马上下来，狄公给了他赏钱，然后上马向码头驰去。

在鱼市，他看到许多人聚集在店铺旁。从他们身边经过时，狄公听到只言片语，好像是在说哪儿着了一场火。

在左翊卫府门外，聚集着十几个骑马的羽林军兵卒，手里提着被烟火熏黑的风灯。狄公把马交给其中的一个兵卒，告诉他要见刘队正。一个兵卒带他从主楼梯上去见苏校尉。苏校尉坐在桌子后面，正和身材魁梧的刘队正谈着什么。看到狄公进来，他赶忙站起身，满脸悦色道：

"看到您来真叫人高兴，大人！我们忙了一宿。镇里谷仓屋顶起火了，没人知道原因，但我的手下很快就控制了火势。坐吧，大人。你可以走了，刘队正。"

狄公重重地坐下。

他简短道："我想了解一下与我同住翠鸟客栈的一位房客的情形，他叫郎刘。"

"您已经着手办了？在下万分欣喜！是的，大人，这个姓郎的正是我预料中的祸根。他是本州岛府以南所有窑子和赌场的总把头，他把那些行当的人组成一个秘密帮会，唤作蓝帮。在南方，他还拥有一个大的丝绸行。不过，那只是他体面的幌子。但他并无触犯律令的记录，也按时纳税，直到最近，才与对手'红帮'有了麻烦。这个红帮在毗邻州府也开设赌场和窑子。"他摸了摸鼻子，又道："我听说，十日前郎刘在此地会见了红帮的头，他们议定了一份免战协议。郎刘大概想在此多待一会儿，思量立约时怎的对自身安全有利。不曾想这么快您就碰上他了，大人！"

"是他先碰上我的。"狄公便将在客栈澡堂遇见郎刘的经过告诉了他，接着又说了在林子里遭遇的伏击。不过，他只说是到那儿散步，恰又遇见了葫芦大师。"此乃有预谋的袭击。校尉适才说的谷仓起火，无疑是要你的兵卒在镇子另一头忙于救火。"狄公总结道。

"天哪，这伙强盗！在我管辖的范围内发生这样的事，在下甚是愧疚。我根本不希望如此！"

"我也不希望如此，"狄公冷冷道，"起先，我等任由他们摆布，是葫芦大师挽回了局势。他是个怪人，你可知他的底细？"

"不多，大人。他是滨河镇这一带的人，不过，每个人虽都知其大名，却无人知晓他打哪儿来。人们都说他年轻时是个绿林好汉，是专事劫富济贫的侠盗。听说有一回在山中，他遇到一位出家老道，他求老道收自己为徒，但遭到拒绝，于是他便盘腿坐在这位老道住处前的一棵树下，结果，天长日久，他的腿就萎缩了。后来，这位老道将其修炼的阴阳玄机妙法传授给了他。"他停下想了想，摸摸下巴道，"嗯，伏击你的四个人可能是郎刘从南方带来的心腹。本地人绝不会袭击葫芦大师。首先，人们敬佩他的智慧，其次人们深信其有魔力，可以将人的灵魂勾出，装进他的葫芦中。不过，他们怎知你会走那条路的，大人？"

"在回答此问题前，苏校尉，我想直截了当问个问题。今天下午我等在此谈话时，我明显感觉到，阁下心中除了担心像郎刘这般不受欢迎的客人外，尚有一些更为重要的事。拜阁下所赐，我狄某方陷入这不清不楚之境地。因此我要请你解释清楚，当下就说。"

苏校尉站起身，踱着步，紧张道：

"在下抱歉之至，大人！您说得对。当然，我本该马上告诉您整个事件的。真是大错特错，给耽搁了。我……"

"快快说来，校尉大人！现在已很晚了，我也甚是疲累！"

"大人，在下从命就是。康郎将是我的朋友，您也知道。事实上，他是我的挚友，我们是同乡，一直联系密切。正是康郎将要我离开京城到这儿来的，他需要一个信得过的人在他身边。他确是个了不起的人物，行伍出身，家里俱是当兵的，当然不是富户，且在朝中也无人可倚靠。再者，他心性孤傲，特立卓然，喜欢独来独往，您可以想象，他被派到碧水宫任郎将时，那些人并不喜欢他。他们喜欢的是逢迎拍马、唯命是从的小人。因此，他虽然麻烦不断，但总能应付过去。但是，最近他闷闷不乐的。我问他为何事担忧，他又不肯告诉我，只道是宫中有事。昨日，他告诉我说，眼下须做些非常棘手的勘察之类的差事，但他不知如何去做。他说，他不能告诉我是为何事，须知此事弄不好是要杀头的，没准您想……"

"煞是有趣，但请言归正传！"

"遵命，大人。嗯，我认出您时，我想您正是上天派来的。您知道，我很崇拜您，大人……除了让您帮我对付这里的江洋大盗外，若我能安排您和郎军大人见上一面，他可能会愿意多谈些关于调查的事，而您，大人，业绩卓著，可以……"

狄公举手打断道：

"你何时告诉康郎将我在此处的？"

"您说何时？大人，我今天下午才遇见您，而我只在每天上午到宫里做例行禀报时，方能见到康郎将。我打算明日上午告诉他关于您的事！"

"我明白了。"狄公往椅子里靠了靠，慢慢捋了捋络腮胡子。过了一会儿，他又说道：

"苏校尉，请你勿对康郎将说起我的事。能见到他，本县甚是高兴，可现在不行。也许你可请他在我离开此地前替我安排拜访碧水宫。顺便问一句，三公主住在碧水宫内何处？"

"殿下住在宫内东北角，是最偏僻，也是防守最严的地方。要想到那儿，您得先通过宦官总管的府邸。听说那总管很能干。

宫闱之内，也不得不如此，因为那可是个充满陷阱的地方。"

"我常听人说三公主异常聪明能干，难道她不能阻止这些明争暗斗？"

"殿下若知道正在发生何事，她当然能。可宫中成百上千人，若想知道何事发生，对殿下而言甚是困难。她被贴身女官、宫女以及其他的下人们包围着，您也知道，每个人都可歪曲事实来讨其欢心。谢天谢地，大人，我不在这些宫墙之内当差。"他摇摇头，然后简短问道："大人，您要我如何处置郎刘？他货仓里的四具尸体该如何处理？"

"郎刘嘛，休要动他，待时机合适时，我会亲自对付他的。至于那些尸体，我要你派几个亲信搬到衙中的停尸间去。不妨放出话去，说他们是一伙拦路抢劫的强盗，他们抢劫行人时，为巡丁发现而被击毙。啊，对了，说到强盗，我听到一些关于那个被杀账房的有趣细节。据说，那年轻人爱恋着客栈的掌柜娘子，可能她已先到了十里村，亦即泰明在地图上所标明的山那边的那个村庄。显然他俩打算到那儿会合，但泰明却在路上遇袭被害身亡了。"

"那倒确是有趣，"苏校尉慢慢道，"姓魏的娘子若是那种女人，那她大概另有情夫，而嫉妒心常常是谋杀的起因。嗯，刚巧我有两个手下今晚要到十里村去，我即刻令他们去查一下姓魏的女子。她没准正与谋杀泰明的家伙一块儿待在十里村呢。非常感谢您，大人！"

狄公站起身来，苏校尉又道：

"你这次遭袭，在下心中甚是不安，是否需派两三位弟兄护卫您？"

"不需要，谢谢，他们只会妨碍我。苏校尉，有事我会通知你的，告辞。"

苏校尉怏怏地领着狄公下楼。

此时已近半夜，大街上鲜有行人。狄公把马缰绳系在翠鸟客栈门前的柱子上，走进客栈。大厅里没人，但透过屏风格子，可以看到魏掌柜的身影。这位客栈掌柜正弯腰站在一只大皮箱旁。

狄公绕过柜台，用手指敲敲屏风。

魏掌柜站起来，转过身道："有何吩咐，医生？"他以单调的声音问道。

"魏掌柜，叫马夫把我的马牵到马厩里。我看过病人后，在林子里骑了一段路，迷路了。"

魏掌柜叽里咕噜地埋怨他怎生弄得这么晚，然后拖着脚向后门走去。狄公忽觉十分劳累，便在桌旁的椅子上坐下。他伸直了僵硬的腿，望着格子屏风那精巧的图案出神，不禁琢磨起夜里惊人的遭遇。他曾以为，他之所以被召入宫，是因为苏校尉提供的消息。但苏校尉并未见过康郎将，根本不知道项链失窃之事。肯定是另有人在滨河镇认出了自己，且在翠鸟客栈的房客登记册上知道了他的假名。那个不知名的人定跟公主有直接联系，因从他抵达滨河镇到凤仙夫人派人找他，仅隔一个半时辰。真令人费解。他隐约听到厅外传来琵琶的乐声。这么晚了，那个弹奏者居然还没睡。

他的目光移向打开的皮箱。皮箱里塞满了妇人的服饰，还有更多的衣服挂在魏掌柜椅子的靠背上，最上面是一件红色的长袖织锦服，上面用金丝线绣着的图样很是好看。

魏掌柜回来了，告诉他马夫会照料好他的马。

"魏掌柜，很抱歉这么晚了还打扰你。"狄公不愿马上起身，便随意问道："我看到马厩对面有一间砖棚，那是你的储藏室吗？"

客栈掌柜迅速瞥了他一眼，捉摸不定的眼里闪着不悦。

"都是些破烂！一些破家具而已。医生，我日子过得很艰难，只能勉强凑合。你不知我的开销……"他把那件红色外套和长袍扔进皮箱，坐了下来。"这几日我一直很忙，连我妻子的衣服都来不及整理！"接着他自言自语地嘟囔道："但愿当铺能给个好价钱！真的，我一直让她穿得很体面！"

"魏掌柜，在下也听说了府上所遭遇的不幸。你知道是谁拐骗了你的妻子？"

"定是那高个子的无赖。他曾上门找我，求我给他个看门的活儿干。他就住在附近。"

"你可以去官府告他。"

"告他？不，谢了，客官。那人山上有的是哥们，我可不想醒来让人把脖子给抹了！别动这傻念头吧，客官。"

狄公站起身，向他道了晚安。

二楼静得很。他走进自个儿的房间，发现伙计已替他关上了窗，屋内很闷热。

他想打开窗，可转念想，最好别去开，刺客深夜没准会闯进来。待门关严实后，他脱下衣服，察看手臂的伤口。伤口很长，但不深。他从茶壶里倒了些热茶清洗伤口，并重新包扎好后，便展开四肢躺在床上休息。房间里太闷了，不久他便汗流浃背了。山羊胡子头领那血肉模糊的脸在脑海中浮现，他还看到了其他几个死人的可怖模样。他又想起那位瘸腿老人，那个沉着应战、精于剑术的葫芦大师。奇怪……在货仓里，葫芦大师的脸他看得甚是清楚，仿佛曾照过面。可从前在哪儿见过他呢？想着想着，他便昏昏然睡着了。

九

▼

　　时睡时醒，狄公很早便醒了。他起床打开窗户，明朗的天空预示着好天气。洗过脸，梳理了一下胡须后，他背着手踱起步来。他突然意识到，他之所以还待在房内，只是盼凤儿能给他送来早点。狄公颇有些沮丧，遂决定到对面的九云客栈用早餐。他最好能收集到一些有关滨河镇的情况，再打听一下观察碧水宫宫墙的办法。

　　楼下大厅里，那个年轻的伙计正站在柜台旁边打呵欠。狄公跟伙计打了声招呼，便走到了街对面。

　　不同于翠鸟客栈，九云客栈有自己的餐厅，就在大厅的后面。时辰尚早，只五六人零星地在餐桌边用餐，一个矮胖的汉子正站在柜台旁训斥着伙计。见狄公进来，那汉子用水泡眼狠狠地看了狄公一眼，便蹒跚着迎上去。

"能接待京城来的名医，真是小店的荣幸！请坐这边，此处安静又舒服。您会发现我们的饭菜比翠鸟客栈的好。要不要来份猪肉洋葱炒饭，或香脆的油炸鳟鱼？"

狄公要了一份简单的早餐，但为了和爱唠叨的掌柜谈话，也值得。狄公点点头，那胖掌柜便把狄公要的早餐吆喝着报给伙计。

狄公说道："我觉得翠鸟客栈的房间挺舒服，但对其招待不敢存有奢望，因为账房被谋害这件事弄得客栈一团乱。"

"是啊，医生。泰明是个好伙计，他是个文静可爱的年轻人。那边都是魏夫人当家，那个女人很能干，可她丈夫待她太小气了，每付一个铜板她老公都盯着。那女人来这儿时，我总给她些豆馅水饺——这是本店的特色，她非常喜欢。她出走那晚，我还给了她三四碗呢！我不赞成过了门的女人干不该干的事，是的，我不赞成，可实际上，那是魏掌柜逼得。"他给伙计打了个手势，又说道：

"她总是先考虑生意。她是教会外甥女做生意的诀窍后才走的。她外甥女是那个漂亮妞，不过，我看她有点瞧不起人。魏夫人可以说是个尽责的太太，要是我内人也能这样就好了……"

伙计端上来一盘水饺。

"来了，医生！"掌柜笑嘻嘻地说道，"尽管吃，要多少有多少！"狄公尝了一口，发觉忒甜了些。"好吃！"他赞道。

"这些也是你的，医生！"胖掌柜靠在桌上，继续说道：

"说个你感兴趣的话题，医生。我问个你内行的问题。我每次吃过饭大约一炷香，左边这儿就隐隐作痛，接着这儿就热得发烫，就在肚脐眼上方，还觉得酸，在……"

狄公缓缓道："两贯钱看一样病，且须预付。"

"一贯钱！可你用不着给我看病，我只想听听你的诊断。我还有便秘，现在，我……"

"自己去看医生吧！"狄公简短答道，然后便拿起筷子。胖子不快地看了他一眼，摇摇晃晃地回到柜台边去，顺便把那盘饺子也带走了。

狄公有滋有味地吃着。得承认，那油炸鳟鱼确实十分好吃。

走出九云客栈，他看到凤儿正站在街对面的门廊里。她穿着棕色上衣、宽松的裤子，腰间束着根红腰带，头发也用一条红布带扎起来。她向狄公愉快地道声早安，然后道：

"今儿个天气真好！去河上钓鱼如何？"

"我要换件衣服吗？"

"不用了。我们可以在路上买顶草帽戴。"

她领他穿过几条狭窄的小巷，不多会儿便来到码头的东侧。他买了两顶草帽，在她系草帽的带子时，狄公迅速向那些货仓瞥了一眼。两个苦力正把一包东西搬到空地上，一个瘦削、有颗圆球似的大头的男子在后面监督着。凤儿走下通往水中的石砌台阶，指了指泊在大船旁的一条狭窄小船。她将船备好，狄公跨上小船，在船头坐下。凤儿用竹竿熟练地把小船撑离岸边，接着放下竹竿，拿起一支长桨。当凤儿把船划到水中央时，狄公道：

"如果方便的话，我想瞧瞧碧水宫。"

"那容易得很！我们沿着这条河划过去，然后再划向对岸。

最漂亮的宫殿就在那一边。"

清澈的河水，微风徐徐，但朝阳照在脸上，狄公感到还是很热。他摘下头上的帽子，纳入袖中，把那顶圆草帽戴在头上。凤儿早已脱去上衣，一条红巾紧紧地裹住她丰满的胸脯。坐在船头，狄公回首一望，见她站在船尾，正优雅熟练地划着桨，肩膀和手臂因日晒而呈棕色。他略带伤感地想着，年轻真是美好。他注意到，高耸稠密的松树绵延至岸边，矮树林中，不时可以见到一些小的河湾口。

"在那儿你钓不到什么值钱的鱼，"她道，"只有一些小鱼小蟹什么的，钓鳗鱼尚早了些。"

他们向上游划去，岸上的树林越来越密，苔藓覆盖的藤蔓垂在水面上。一炷香不到，凤儿调转船头，向中游划去。

"我们不能沿着河岸再向前一些吗？"狄公说得很快，"离碧水宫大约很近了，我想仔细瞧瞧。"

"你想让我们都被砍头？难道你没见到那些涂着颜色的浮标吗？码头那边有告示，字写得像你的头那么大，禁止所有船只越过那些浮标。宫那边的岸上也有同样的告示，如果你越过那条线，墙垛上的弓箭手便会把你当靶子练，所以你只能从远处遥望碧水宫。"

姑娘划着船在浮标周围转圈。狄公看到了三层楼的瞭望塔，就在碧水宫的西北角。树林在一个狭窄的入口处突然消失，显然，那入口便是环绕碧水宫的护城河河口。在一个略显偏僻的角落，可以看见水中的北宫墙，雉堞式的宫墙间，立着些低矮的瞭望塔。阳光照射在宫墙之上，照得弓箭手的头盔闪闪发亮。

"挺高大，对不？"凤儿在船尾向他叫道。

"对。我们把船划得再远些，到东北方那座塔的对面，那样，我就可遍观此宫了！"

一艘平底的大货船从旁边驶过，和着忧郁的节拍，划桨者挥动长桨；手里的桨和着节拍，凤儿也跟着唱了起来，年轻的嗓音悦耳动听。一眼望去，狄公看宫墙高大险峻，他数了数，共有八个带栅栏的拱廊，就在水面之上，看来那是宫中水渠的水门。接着，他看到，在最后一扇水门上方，有一座亭子，突出墙外。亭子的式样像一个有屋顶的梯形露台，有三扇凸出的窗子，中间窗扇大，两边的窗扇小。他估计支撑亭子的扶墙离水面约六尺。若有一艘小船停在下面，亭子上是瞧不见的。但是，小船停在那儿，怎有可能不被瞭望塔上的弓箭手发现呢？

"你想看看窗口的美公主吗？把船划到对岸，怎样？"

狄公点点头。划船到上游很是吃力，只见凤儿肩膀上的汗水在阳光的照射下闪闪发光。北岸的树林没有南岸稠密，渔家的茅草屋在绿叶丛间不时闪现。他们向北岸划近时，凤儿在锚钩上挂了两块砖压重再扔于河中。船在河里漂了一会儿，等那锚已抓紧后，船就不动了。她满意道：

"就在此地。前些天我和泰明在此抓到过几条鲈鱼。看，这瓶子里是蟹脚，最好的鱼饵。"

狄公一边准备鱼饵，一边道："孔圣人总喜爱以竹竿钓鱼，从不用网，他以为该给鱼机会。"

"我知道这典故，父亲在世时常给我念古书。他是我们村学里的塾师。母亲死时，我年纪尚幼，且又是父母唯一的孩子，父亲在我身上花费了许多精力。别，别，是用那条线！钓鲈鱼必须用长线。"她把自己的线扔出去，接着道：

"我们过得很幸福。但父亲死后，我只好搬到客栈这儿来，因为表舅是我最亲的亲人。我不能把以前常读的书带来，那些书是属于村学的。你是个有学问的医生，肯定有个大书房，是吗？"

"是的，很大的书房，可惜很少有时间用它。"

"我喜欢住在一个读书人家里，读各种有趣的书，习些字画。那样会让人感到安心，如果你明白我的意思。喏，我表舅妈还在的时候，翠鸟客栈还不算太糟。表舅从来不给她置办很多衣服，可她有祖上传下来的一些上等丝绸。我帮她做了些新长袍。她最爱那件红色织锦制成、用金线绣花的外衣。她觉得穿着很合身，事实也确实如此。"

狄公将他的钓线也沉入水中，重又坐回船头，说道：

"是啊，我听说你表舅妈是个不错的女人。我能理解像泰明那样情窦初开的男子为何会暗恋她了。"

"他对她爱得发疯！他开始赌博，仅仅因为要不时地给她一些小礼物。"

"赌博往往是输多赢少。"狄公心不在焉地说道。他感到鱼线有动静。

"哦，泰明可是常赢的。但我想，那是郎刘故意让他赢的，以便放长线钓大鱼，狠狠地赢他一把！那个郎刘让我觉得可怕！"

"郎刘？他们在哪儿赌？"

狄公抓住扭动的鲈鱼（高罗佩　绘）

"泰明有几次到郎刘的厢房去赌。嗨，看！"

他任渔线从手中滑走。刹那间，他灵机一动。郎刘可不会无缘无故地结交一个年轻的账房。

"把渔线放松！"凤儿激动地叫道。

是的，他的确应放松郎刘这根线，放很长很长的线，长到可以把他那摇摇欲坠的货仓跟金色宫门联系起来。要时而放松，时而收紧，看看最后到底是什么。

"拉起来！"她悄声道。

线慢慢地收紧，他见到一条大小适中的鲈鱼冒出水面。他探出船舷，抓住还在扭动的鱼，把它放进鱼篓。

"干得好！现在瞧我的！"她盯住浮标，脸涨得通红，微风吹动着她草帽下的秀发。狄公急着欲回南岸，看看那儿是否有条小船，但破坏她的兴致可真是太残忍了。他抛出一根短线，脑筋又转了起来，那账房被残忍杀害确实太过奇怪。当下他找出一种可能的解释。她的声音唤醒了他：

"它们根本不想吃。告诉我，你有几个夫人？"

"三个。"

"你的大夫人一定贤惠得很吧？"

"的确如此。我有一个和睦温暖的家，这叫我觉得很欣幸。"

"你是一个名医，该有四位夫人。那数字也可以给你带来好运。说到运气，我想……"

她收紧渔线，钓上一条小鱼。他们沉默了好一会儿，姑娘专注于她的渔线，狄公则沉浸在他的思索中。她钓上一条大鲈鱼后，狄公说：

"我的腿有点抽筋了。我想划划船，好几年没划了。"

"好！只要你不翻船。"

他们蹲下身，互换了位置。船晃动起来，他把手搭住她的肩膀以稳住船身。她轻轻说道："跟你在一起真好！"

狄公很快操起长桨。他跪坐于船艄，让她把锚起出，欲将船向上游划去一些。

他把船驶离岸边。其实他划得还不赖，但由于跪坐着，不能用体重来助其划船，只能单靠双臂，他手臂上的伤口开始隐隐作痛。他想站起来，但船开始危险地左右晃动。姑娘大笑起来。

"好，不站也成。"他讪讪地说道。

"你要划向哪儿？"

"我想划到岸边去，到那边的矮树丛找找看是否有草药。你不介意吧？"

"我不介意。但在那个小河湾里你找不到什么的，那里没有路。"

"那么我们往码头方向划吧。那样划起来方便，正好顺流而下。"

不过，没过多久，他便发现，所谓说易行难。当下，河运开始繁忙起来，他得使出浑身解数，才能避免跟旁边的船只碰撞。她快乐地絮叨着，狄公只是心不在焉地听着。突然，他问道：

"搜？搜什么？谁去搜？"

"我表舅。依我看，他肯定已到泰明的小阁楼搜过了。今天早晨我去整理房间时，发现有人把房子翻得一团糟。不知道表舅到底要找什么。这段儿还是我来划吧，你不知怎样停船。"

十

上岸后，他们便分了手。凤儿带着鱼篓向大街走去，嘴里哼着小曲。路过鱼市，狄公走进一家小吃店，要了一大碗竹笋面。匆匆喝过一杯茶后，他回到翠鸟客栈，因他急着想洗个澡。

不出所料，澡堂空着，因为正是午饭时间，就连澡堂伙计也不在。他在澡堂中伸展开四肢，想着下一步该怎么走。

这是很大的一步，任务艰巨。他的推测只是基于两个事实：首先，账房泰明在遇害前曾遭受折磨；其次，他的房间被搜查过。接下来便都是他的猜测了，因他对郎刘这类人的贪婪本性甚是知晓。是的，他必须冒一下险。他的推测如果是正确的，他将能顺利完成第一阶段的调查。如果那推测不实，至少会惊吓到一些人，而打草惊蛇往往会铸成大错。

狄公清洗伤口时，澡堂伙计进来了。他吩咐伙计去房间把他的干净衣服取来，同时把脏衣服拿去洗衣房洗。狄公穿上洗烫好的长袍，来到大厅。他问伙计，郎刘是否已用过午餐。伙计点点头。狄公给他一张名刺，要他去问郎刘可否待会儿与他谈谈。

"郎爷不喜欢饭后有人打搅的，医生！"

"你去问问再说！"

伙计走向走廊时满脸疑惑，但回来时却笑嘻嘻地道："郎爷说很盼您去呢，医生！他在您右面的第四个房间。"

来开门的是一个长着圆脑袋的瘦男子，正是狄公早上在货仓看到的那位。他满脸堆笑，说自己是郎爷的账房。他领狄公穿过宽大凉爽的客厅，来到一间宽敞的房间。这房间占据了西厢房的后半部，看来是翠鸟客栈最豪华且最静谧的客房。郎刘坐在一张乌木桌后，桌上放着一本账本，两个保镖站在两扇对开的门旁边，那两扇门通向隐秘的后院。郎刘站起身，向狄公躬身施礼，客套地邀他在另一张椅子上落座。

"我正与账房重新核查一下账目，您大驾光临，恰好可让我轻松一下！"他示意账房去倒茶。

狄公客气道："郎爷，我本来想早点拜访您的，只是昨夜睡得晚，早上又觉得有些不适。今日天气倒不错啊，郎爷！"他接过账房递过来的茶，呷了一口。

郎刘说道："除了雨天，我发现这儿的天气还是十分宜人的。"

狄公把茶杯重重地放下，两手放在膝盖上，声音变得严肃起来：

"郎爷，您这样说我很高兴，因为您只能在这儿长待下去了。"

郎刘目光凶狠地看了他一眼，慢慢问道：

"你这是什么意思？"

"意思是休战结束了。郎刘，只要你踏出滨河镇一步，我们的人便会抓到你。昨晚你那帮蠢货把我抓到你的货仓去，还要杀我。"

账房喃喃地道："我告诉过您，地上到处是血迹，老大，我……"

"闭嘴！"郎刘说道。然后他对那两个保镖说："把该死的门关起来！你们一个到外面院子去，一个到客厅去，别叫人来打扰。"之后，他两只大眼珠子盯着狄公，眼里闪着光。"我不知道你在胡讲些什么。昨日上午洗澡时我便怀疑你是红帮的人。医生一般不会像拳师这般强壮。但我从未想过杀你，我们这边是信守休战协议的。"

狄公耸耸肩。

"目前我不想追究这件事，我还有更重要的事与你谈。我奉命向你进言。你雇了这个客栈的账房去偷一件宝贝玩意儿。贵帮大概手头偏紧吧，郎爷，你居然敢冒被凌迟处死的危险。"

郎刘仍故作镇静，但狄公注意到那账房的脸早已变得灰白。

他继续道：

"郎爷，咱要是向衙门告发你，定会重重有赏。但既然订了休战协议，我帮弟兄是信守诺言的，可我们得分享。八十四的一半是四十二，如果我的数目有错，请你指正。"

郎刘慢条斯理地捋着山羊胡，账房则连忙退到主子的座椅后，偌大的房间一时间十分寂静。最后郎刘道：

"贵帮弟兄真是不赖，非常棒。我会彻底查问此事的。对，你说的数目不差，我们约定对半分，我之所以未告知贵帮帮主，乃因事情泡汤了。我并未得到珍珠项链。"

狄公突然站了起来。

"昨晚你们想杀我，就说明你在说谎，郎爷。我奉命通知阁下，若你拒绝我帮的合理要求，那休战便结束了。现在我已履行使命，告辞！"

他向门口走去，就在他的手抓住门上扣环时，郎刘突然叫道："慢，回来坐下！听我给你解释。"

狄公回到桌旁，但他未在指定的那个椅子上坐下。他简短道：

"郎爷，首先，我要你向我道歉，因为你们曾想杀我。"

"你在我的货仓里遇到麻烦，这我道歉。我会迅速查清此事。满意了吧？"

"差强人意。"狄公重新坐下。郎刘向椅子里靠了靠。

"我犯了一个错，不该接这个差事。但你知道，我们眼下的开销有多大！我每年得支付赌场主管们俸酬，那些无赖常常谎报赌场收入。至于那些体面的窑子嘛，当下连农家少女都快没了，还怎的开？我们付给一个农家少女的价钱与一个训练有素的窑姐是一样的，除非碰上顺顺当当的好年景，否则我们便要赔钱了。至于税收，我来告诉你吧……"

"别说这个了！"狄公打断他，"告诉我珍珠项链的事吧！"

"好，我正要跟你说呢。事情是这样，如若不抽成的话，大约有十锭金。在此事上，我可以得十锭金，没甚危险，也不会有什么代价。"郎刘长长地叹了口气。"那事的来龙去脉是这样的。前些日子，一个丝绸商来见我，自称姓郝，带了一封举荐信来，是我在京城的弟兄给他的。他道，他有位熟人计划在此地的碧水宫偷一条价值连城的项链。他说，那项链由八十四颗名贵珍珠串成，但这些珍珠当然得一颗一颗卖掉。如若我知道谁熟悉这儿的河域及碧水宫附近地域，让他来协办此事，这位姓郝的熟人将付我十锭金的酬劳。当时，我立刻想到了这儿的账房，因为他对那条河的每个角落都很熟悉，但那时我没怎么表态。十锭金当然不是笔小钱，但去宫中偷盗，冒的险也未免忒大。不过，郝爷说一切都已安排妥当。得，还是让我的账房来说吧，他的记忆力极棒，这也是他唯一的优点，这蠢货！说吧，你来说吧！"

圆脑袋闭上双眼，紧握双手，滔滔不绝地说了起来：

"此人须于半夜前一个时辰划船离镇，将船划至右岸第四个河湾，然后弃船上岸，走第二排松树后的羊肠小道。此道从前做宫中卫兵巡查之用，沿河岸一直通向宫中的护城河西北角。那儿离岸二尺左右，有一扇旧水门，再沿水道游向西北角的瞭望塔。水面上方，顺着北宫墙，有一尺宽的木架。循此木架向前，一直到最后一扇水门，水门上方是扶墙，支撑着一个有顶的凉台。砖墙上有多处裂缝，可以攀爬。经边窗进入亭子，通过一露天月牙形门廊，那亭子与卧室相连。这项链要么在梳妆台上，这梳妆台就在月门之内；要么在茶几上，茶几就在梳妆台的对面。此人须守在月门之外，待人们入睡后，再进去取项链，然后再由原路折回。别担心宫墙上的弓箭手，他们会在别处忙碌。"

这瘦子睁开双眼，得意地笑着。郎刘接着道：

"这姓郝的所说的熟人显然对一切都了如指掌，我想我也该看看是否可以说服这儿的账房。我知道他需要钱。我邀他赌钱，先让他赢，再让他大输。当我告诉他此事时，他一口就答应了。之后我告诉姓郝的一切依计而行。假若泰明被抓，我自然矢口否认，并说泰明乃是因赌输了钱才去偷盗的。"

狄公有些厌烦，道："郎爷，我相信你的话，但我仍然想知道你为何没拿到项链。照理说，你应该拿到了！"

郎刘不耐烦地说："我正要告诉你接下来的经过。是的，泰明按规定的时间从我的货仓出发。他答应直接回那儿，交出项链，扣除欠我的钱，他还可得二十两银子。我承认有时我会犯错，但至少我知道该做些什么。我派出一些弟兄守住本镇通向西、东、南的各个路口，以防泰明忘了我们的约定，届时好提醒他。我的账房在货仓等了几个时辰，可毫无踪影。之后，泰明被守在东边路口的两个弟兄带了回来。他们抓着他一路奔跑，满心欢喜，可泰明穿戴整齐，先回到了翠鸟客栈。"

狄公压住呵欠，耐心听着。

"郎爷，你大概花了很多时间去市场上听故事吧。"然后，他语气严厉地问道："那项链呢？"

"那狗杂种说他未曾拿到！他爬墙进入亭子前，一切都很正常。附近没人，卧室内也没人，可也没那珍珠项链，没甚值钱的玩意儿可拿。他回来后不敢来见我，说怕我们以为他在欺骗我们，赖他把项链藏起来了。碰巧，我的两个弟兄便是这般想的。他们设法要他说实话，结果他死在了他们手上。我不知贵帮是如何管教弟兄的，但就我而言，我没法找到更好的人了。"郎刘伤心地摇摇头，又道："他们不仅胡乱问他，把事情搞砸，还选错了地方，把他扔到河里去。他的尸体本该在下游几里外的地方被发现的。照常规，我把泰明住的小阁楼搜了一遍，结果什么也没找到，我又不能去那该死的松林，把每一个树洞、每一个缝隙都查一遍，故而我放弃了那条项链。事情就是这样。"

狄公深深地叹了口气。

"这是个动听的故事，郎爷，跟泰明说给你手下人的故事一样动听。唯一的不同之处在于他已无法证明他的故事，而你却能。请替我引见一下你那位姓郝的朋友。"

郎刘在椅中不安起来。

"郝爷该是昨日上午来此地的，给我带十锭金来。可他没来，我不知道哪儿能找到他。"

长时间沉默后，狄公推开椅子站了起来。

"对不起，郎爷，我不能带这个故事回去交差。我不是说你在扯谎，我只想要证据。我会在此地待几日，观察一下。不消说，我还有些朋友在附近走走，请你不要重蹈覆辙，再犯昨晚的错。若想与我聊聊，你知道我的房间。告辞！"

圆脑袋的账房恭敬地送他出门。

十一

狄公回到楼上的房间，在椅子上重重坐下。现在，泰明的谋杀案终于有了结果，他要看到郎刘以及折磨、杀害泰明的凶徒都得到应有的惩罚。但他首先必须搞清谁是策划偷盗项链的真正罪犯。他的推测是正确的：项链失窃案跟复杂的内廷争斗密切相关。那个神秘人物——郝爷的熟人定在宫内。之所以用到郝爷这类人自有其理由。那些乱臣贼子欲从宫外雇人干他们的罪恶勾当，总需一个"托儿"。要是能抓住这个郝爷就好了。逮住他，拷问他，他定会说出那个熟人是谁。但某个环节出了问题，郝爷与郎刘失去了联系，狄公担心这个郝爷会从此消失。

楼下再一次传来柔和的琵琶声。这次是一首欢快的乐曲，弹得非常熟练，曲子虽然陌生，但很迷人。乐曲戛然而止，随之传来一个女子的笑声。滨河镇没有妓女，显然有些客人偕私宠同来。狄公若有所思地捋着胡须。

泰明能把项链弄到哪儿去呢？公主把项链放在茶几上，他是很容易弄到手的。就是不进亭子，他也够得着。偷盗策划者中是否有人等在水门栅栏后的扶墙下接应泰明呢？水门的拱门很低，至多三四尺高，狄公在河上已经见过了。下面的水渠能够容一条平底小船顺利通过的话，那人便可自泰明手中接过项链，之后将酬金通过铁栅栏递给他。也许是一锭金子，而非答应郎刘的十锭金。宫中策划偷盗的家伙皆是诡计多端的老手，耍弄郎刘一回，他们是做得出来的。没准还会有另一种情况，郝爷等在松林里接应泰明。这两种情况下，泰明都可趁机将金锭藏起来，或许藏在某一棵空心的树干中，待他和魏夫人于十里村会合后再设法取回。狄公长长地叹了一口气，有太多的可能性，有太多的未知因素。

不过，有一件事是肯定的：郎刘与谋杀他和葫芦大师一事无关。谋杀者将他们带到郎刘的货仓，只因为他们知道郎刘把此地当作拷打人或进行肮脏交易的场所。何况那里很方便，夜里附近又没人。他们受雇于同一个"郝爷"，这正是那胡子头领临死时尽力要说出的名字。宫中策划者意欲杀死狄公的第一步计划虽说失败了，但那些人显然不准他来干涉他们的计划，故而，他们还会组织第二次袭击。他站起来。这时，有人轻轻敲了一下门。

狄公从茶几上拿起剑，拉开门闩，把门开了一条细缝，手中握好剑。是郎刘的账房。

"郎爷请你到大厅里去，他刚收到一封信，要给你看。"

狄公把剑放回茶几，跟着圆球脑袋走下宽大的楼梯。郎刘站在柜台旁，正跟掌柜说着话。

"啊，医生，你没出门，幸会，幸会。我一个伙计胃疼得厉害，想请您去瞧瞧，我来给您带路！"正要转身之际，郎刘从衣袖里摸出一个拆开的信封，上面用大字写着他的名字。他拿着信封问魏掌柜："魏掌柜，刚才谁把这封信送来的？"

"客官，我坐在屏风后的桌子旁，只看到一个街头流浪儿的影子，他把信扔到柜台上就逃跑了。我看这信是给你的，就叫伙计给你送去了。"

"知道了。好，医生，我们走吧。"

三人回到郎刘的书房，郎刘把信递给狄公。

他冷冷道："你需要证据。适才柜台旁的情形你也看见了，这封信不是你走后我捏造出来的。"

狄公打开信纸。信上云，写信之人甚感抱歉，因事无法脱身，不能如期前来与郎爷会面，并商谈生丝生意。今日酉时他将于郎爷的货仓等候。如对样品满意，生意可当场成交。署名为"郝"。那信书写流利，笔迹工整，为案牍笔录之常用字体，没有什么可以怀疑的。此信无疑是真的，因为要在滨河镇找人写这样一封信，至少得花去郎刘一天的工夫。狄公把信交给郎刘，说道：

"好，这正是我想要的证据。我们的休战协议仍然有效。酉时货仓见。"

郎刘抬起眉毛。

"货仓见？你还以为我们会去那儿？事情结束了！到时，郝爷会发现那里没人，货仓已经上锁！"

狄公向他投去怜悯的目光。

"难怪你找不到能人，郎爷，你的判断力到哪儿去了？天哪，这儿有十锭金主动送给你，你却把门锁起，告人家说你不在！朋友，听我一句，让我来告诉你该怎么干。我等不妨礼数周全地接待郝爷，问他身边带着金子没。若他带着，就收下。对他说，我等尚未拿到项链，但为其付出了代价，遇上了大麻烦，十锭金正好聊作酬劳。"

郎刘摇摇头。

"那狗头背后有靠山。他在为衙门的大官或是宫里的显贵效劳，这我感觉得到，他们对宫里的情况很是熟悉。我想清静，兄弟，可不想惹什么麻烦。"

"没看到他们正捏在咱们手心里吗，郎爷？管他是达官贵人还是旁的什么，如果郝爷不答应我们的合理要求，我们便可以对他说，我们可是守法良民，很乐意与他一起去羽林军衙门，让官府来处理此事。接着我们会向官府禀告，我们之所以与偷盗宫中宝物的奸徒在一起，乃是为获得足够的证据，再行报官。我们希望官府能给我们赏钱。"

郎刘一拳砸在桌上。

"老天哪！"他叫道，"现在我总算明白了，为何贵帮总是干得比我们好。你们有能人，而我却只能凑合着用像账房这样的木瓜脑袋。"他跳起来，朝圆球脑袋使劲拍打了两下。发泄一通后，他又重新坐下，咧嘴笑着对狄公道："这个计划真妙，老兄。"

魏掌柜细述信件来由（高罗佩 绘）

狄公冷冷道："给我们五锭金子，四锭给敝帮，一锭给我，当作回扣。"

"贵帮帮主该赏你两锭！"郎刘大方道。接着他又对账房吼道："给你最后一次机会将功补过，大头！你和我们这儿的伙计一块去货仓。"接着转身对狄公说："我当然不能和你同去，我须顾及我的脸面。不过你们俩决不会势孤力单，我会派十几名能干的弟兄在货仓后面接应你们。"他向狄公迅速瞥了一眼，匆忙说道："只是为了防备万一郝爷带着人手一块来。"

"是啊，我明白你的用意！"狄公冷冷地说道，"我会在酉时前到达货仓。告诉你的弟兄，放我通行，成吗？"他向门口走去，郎刘亲自送他至走廊，愉快道：

"认识你可真叫人高兴，老兄！事情办成后，我请你来这儿喝一杯。为蓝帮和红帮同舟共济干上几杯！"

十二

　　狄公回房取葫芦及剑。他必须马上去见苏校尉，告知他在货仓相见，共商捉拿神秘人物郝爷及郎刘爪牙之事。

　　此时，凤儿站在翠鸟客栈门口，正与卖粉妆饰物的老妇人讨价还价。他刚要跟她点头打招呼，只见她伸手拉住他的胳膊，把一只嵌有廉价珠宝的象牙木梳放在他面前："你觉得它配我吗？"她羞涩地问道。就在他弯腰看时，她快速低声道：

　　"小心！外面有两个人在打听你的下落。"

　　"很相配。"话音刚落，他已到了外面的门廊上，佯装仰望天空。余光里，他看到两个人站在九云客栈门口，平常装束，一身灰袍，黑腰带和黑帽，看不出有何异常。他们也许是郎刘的同党，也许是宫里派出的密探。打现在起，他还须应付红帮的密探，或许他们已经知道他假扮红帮。不管这些人是谁，他们绝对不知道他正要去见苏校尉。

他漫步走在大街上，时而停步观赏摆在店门前的商品。不错，那两个灰衣人在跟踪他。好几次他欲避开他们，可是徒劳无功。他闲步兜了一圈，突然向前窜去，想在人群中甩掉他们，可那两人紧跟不放，样子却很悠闲。看来，他们玩惯了这把戏。一怒之下，狄公进入一家大饭庄，挑了个较后的饭桌坐下。待店小二问他要些什么时，他说忘了带东西，便从厨房门里窜了出去。可是，其中一位灰衣人已站在后街的角落里。狄公回到大街上，暗忖，要是他熟悉镇里的地形，定能甩掉尾巴。可眼下没有其他的办法，只得另图他法，迫他们二人道出身份并将他们带至左翊卫府。

随着人流，他继续往前走着，一眼望见前方有兵卒的头盔闪动。突然，狄公加快脚步，又猛然停住，忽一转身，与高个子灰衣人撞了个满怀。狄公扯着嗓子大喊：

"小偷！逮住他们！"

一小群人即刻围拢过来，七嘴八舌地问了起来。狄公大声道："我是位医生！这个大个子恶棍撞了我一下，而另一个想把手伸进我的衣袖！"

一个强壮的脚夫抓住大个子的衣领："可耻！连医生也要抢！我……"

"出了什么事？"一矮个巡官推开人群走了过来。那两个灰衣人并不逃走，年长的一位平静地对巡官说道：

"此人冤枉我们。带我们去见你们校尉！"

巡官对狄公及那两个灰衣人扫了一眼。只见他猛地一拉剑带，对那位脚夫道：

"放了他们！依我说，这是场误会，我们校尉会做出公正判断的。请各位随我来，左翊卫府就在前头。"

去府衙的路上，那两个灰衣人一声不响，一副傲慢的样子。刘队正将他们带至校尉的公事房。

苏校尉从文案中抬起头，未理睬狄公，只命巡官简要说明事情经过。接着，他伸出手说："把你们的身份公文呈上来！"

两灰衣人把两张相同的公文放在桌上，每张皆有红边并盖有许多印章。年长的灰衣人告诉校尉道：

"这医生是个冒牌货，我俩奉命捉拿他回宫。我们即刻需要护送。"

苏校尉往上推了推头盔。

"二位，你们知道，我不能这样做。没有郎将的捕状，我不能这么做。梁医生的身份公文没有问题，在我这儿一丝不差地登记过。"他擦了擦鼻子。"告诉你们，我只能照规矩办，请你们给康郎将捎个信儿，再回来带走此人。"他从面前的卷宗里抽出一张白纸，并将毛笔在墨汁里蘸了蘸。

"回来时却发现我们要的人不见了？"年长的灰衣人讥讽地问道，"我们是奉命办事，校尉大人！"

"对不起，二位，我也是奉命办事！"苏校尉迅速写好公文，往桌前一推："拿去吧！"对方一边把纸条塞进衣袖，一边说道：

"你要将此人监禁起来，等我们回来。"

"这要看这位医生是否同意了。没有捕状是不能拘留大唐臣民的。二位想必知晓圣上明示的'仁治'之道！不过，如果这位医生愿意合作的话……"

"当然愿意合作！"狄公很快说道，"我不想让这两个恶棍误认我会逃走，何况我可是个货真价实的医生。"

"好，就这么办吧！"苏校尉笑着对两位灰衣人说道，"二位，骑马吗？"

"我们有马。"说完，两个灰衣人默默转身。巡官送他们下楼。

"你认识那两个蠢货吗？"苏校尉问刘队正。

"是的，大人。他们是驻守御狩苑的苑总监大人的手下，穿灰衣服。宦官总管的手下穿黑衣服。"

苏校尉担忧地看了狄公一眼。

"大人，您真的有麻烦了！"

"他们要多久才能回来？"

"约半个时辰，大人。也许一个时辰，如果他们见不到郎将的话。"

"那不行。今日酉时我必须赶到郎刘的货仓。我要见郎刘的账房，还有一位自称姓郝的人，他是个危险的罪犯。郎刘并不信任姓郝的和我，所以他派了十多名手下到货仓对面的另外一个货仓。我想让你派兵将货仓包围起来，把他们统统抓来。今晚你能调六十名羽林军士兵吗？"

"这要看您判他们什么罪了，大人。"

"判郎刘的手下谋杀账房泰明的罪名，判其他人谋反朝廷的罪名。"

苏校尉目光犀利地看了他一眼。

"那样的话，我最好亲自出马，大人。下面谈谈那些大臣们吧。我不能担保康郎将会下捕状。我适才在那张纸条上说您是正式登记过的，他一定是先要了解更多的详情。"

狄公平静地说："我想苑总监大人会给康郎将提供更多详情的。"

苏校尉转向刘队正。

"来一次越狱如何，刘队正？"刘队正咧嘴一笑，苏校尉对狄公继续道："大人，刘队正可以替您化装，所以您现在离开的话，没人会认出您的。不必担心那帮家伙会派探子来监视衙门，刘队正可是位化装大师哪！"他搓搓手，对狄公端详了一番，"我们先剪短您的胡子和髯须，之后……"

"我可不想那样的假扮！"狄公平静道，"刘队正，能给我弄头老驴及一副拐杖来吗？"

刘队正点点头，随后离去。

"刘队正真是好样的！"苏校尉说道，

"大人，请用茶！"接着，他把刘队正如何假扮地牢中的犯人，以及如何趁机由地牢中溜走的故事详尽地说与狄公听。每言及精彩处，他便高兴得如孩子一般。说完他又问道："大人，账房泰明的谋杀案怎的处置？"

"苏校尉，那就由你来审理了，因此事就发生在本地。"他告诉苏校尉，郎刘已承认，因为泰明拒绝告诉他将偷来的项链藏在何处，郎刘手下便对他严刑拷打，并把他给杀了。"今晚你逮住郎刘的手下后，我们到翠鸟客栈把郎刘抓起来，此后我就可以正式控告他。可我前面提到的那个姓郝的比郎刘更重要。待姓郝的一到货仓，我就用手指吹两声呼哨，你便让手下冲进来将他们逮住。当然，姓郝的身边也许带着人。让我把地形略略说与你听。"

他拿出一张纸，画了张空地和货仓的草图。苏校尉把它和自己的地图比较了一下，便确定好安置羽林军的位置。就在此时，刘队正回来了。

"驴子已在后院备好了，大人，"他说道，"您最好马上就走，现在外面没人。"

狄公匆匆谢过苏校尉。刘队正领着他走过一段摇摇欲坠的楼梯，来到一个小的养鸡场中。狄公爬上那头驴时，刘队正把一副旧的拐杖递给了他。

"干得好！"他低声对刘队正道了一句，然后骑着驴子，出了那扇小门。

他垂着肩，低着头，骑着驴子朝大街上走去。他的样子看上去像葫芦大师，而滨河镇人对葫芦大师都很熟悉，自然不会上前细瞧。唯一的不同之处在于他身上的佩剑。他赶紧把剑解下，夹进挂在驴屁股上的那副拐杖中。

驴子在熙熙攘攘的人群中平静地走着。狄公很庆幸没人多瞧他一眼，偶尔有人跟他打招呼，他便举手作答。他骑着驴子朝翠鸟客栈方向走去，因为他不想拖得太久，而且，宫中派出的密探一定会以为他就藏在那客栈中。

翠鸟客栈后面的小巷内冷冷清清的。刚刚吃过午饭，伙计们正在休息，生意人要到晚饭前半个时辰左右才会再来。狄公在客栈后门下了驴，然后朝乱糟糟的院中望去。郎刘厢房的门关着，厨房没有丝毫动静，二楼他自己房间的窗户也紧闭着，只有楼下一个房间的窗户半开着，有人在弹奏琵琶，还是他住在此地的第一夜听到的那首美妙乐曲。他终于想起来了，那是多年前京城流行的曲调。狄公在院中观察了好一阵子，断定那个储藏室可帮他的忙。储藏室的门半开着，他把拐杖和剑夹在腋下，溜了进去。

　　储藏室并非什么好地方。腐朽的椽子上结满了蜘蛛网，屋中有一股霉味，后墙旁堆着许多破桌椅，不过地面却打扫得干干净净。他走近去看那些旧家具，只见这些桌椅后面靠墙处堆着一堆麻袋。

　　他推开一张摇晃的桌子，用剑头刺那些麻袋，里面装的是稻壳。他想，可以在这些麻袋上躺上一会，那头老驴自然会打哪儿来就回哪儿去。他将拐杖靠墙放在有木栅的单扇窗旁，重新码好那些麻袋，然后靠墙躺了下来。他头枕双手，回想着近来发生的事情。

　　其实，那郝爷给郎刘的信是个好消息，证明项链还未落到宫中的密谋者手中，这样便可排除一种可能性，即他们或郝爷在中途拦截过那位账房，并未直接从账房那儿花钱买下了那条项链。神秘人郝爷次日未曾在郎刘处出现，便证明这一推断是正确的。情况很明了，如同姓郝的给郎刘的信中所说的那样，他因别的事耽搁了，所以希望今晚在郎刘的货仓里做成这笔"买卖"。这步棋不赖，郝爷被抓，宫中密谋者们自然会暂时停止行动，再行谋划，这样便可给狄公一个喘息的机会，让他集中精力寻找那串项链。上午在河边待得太久了，他睡意渐浓，便合上了双眼。

他做了许多梦，梦中又出现了那张扭曲的、蓄着胡子的刺客的脸，悬于空中，正用独眼望着他。面前站着的是那个死去的账房，鼻青脸肿，鼓起的双眼盯着他，被砍断的双手伸过来摸向他的喉咙。狄公想起身，可身体好似灌了铅似的，动弹不得。他绝望地喘着气。正当他觉得快要窒息之际，账房又变成身着一件脏蓝袍的高大妇女，蓬乱而带血迹的长发披散在脸上，只能看到发青而张得很大的嘴和伸出的浮肿的舌头。随着一声惊叫，狄公醒了。

他浑身是汗，从草草铺就的"睡榻"下来，在旧家具中兜了几圈，欲忘掉适才的噩梦。一不小心，他被一只满是灰尘的袋子绊倒，遂低声骂了一句。袋子里装的似乎是面粉。他拍了拍双膝，伸开四肢，再一次躺倒在麻袋上，很快就睡着了，这一次没有做梦。

十三

　　脖子上一阵恼人的痛痒让狄公醒了过来。他吃惊地发现，窗外天色已黑，便急急起身向窗口跑去，只听到厨师们一边切肉一边起劲地唱着小曲，遂松了口气。既然没有听到伙计的吆喝声，说明还未到吃晚饭的时间。他搔着发痒的脖子，发现衣领下爬着不少蚂蚁，胡须上更多，袍子的前襟也都是。他愤愤地把这些小虫由身上拍打掉。

　　此时，郎刘厢房的窗子有了灯光，门半开着，可他听不到里面有什么声响。两个卖菜的走进院子，径自朝厨房走去。等那两个人拿着空篮子出门后，狄公便从储藏室中溜出来，朝院门口走去。令他吃惊的是，那头驴子还站在墙边，正用鼻子拱着包心菜。他赶紧回到储藏室，抓起那副拐杖，觉得化的装没甚问题，便骑着驴子朝码头走去。

　　鱼市前有几个小吃摊，冒着的油烟，下面挤满了人，不时传出刺耳嘈杂的叫喊声。一辆满载甜瓜的大车在狄公的驴子前晃了几下后便翻倒在地，狄公只得停下来，人们拥过来帮那位小贩捡瓜。此时，一个衣衫褴褛的人抓住狄公驴子的缰绳，朗声道："我来帮你，葫芦大师！"当那人用力挤出人群时，狄公突然听到身后有人低声说道：

　　"有人在跟踪你，可那人现在不见了。"

　　狄公在鞍上迅即转过身去。昏暗的灯光下，他看到几张年轻的笑脸，他们正在后面推他的那头驴子。他终于明白刚才那场纷乱是怎么回事了。

　　狄公疑惑地皱皱眉头，骑着驴子继续往前走着。毫无疑问，货仓之战证明，葫芦大师是站在他这一边的，而将他误认为葫芦大师的人低声对他说的那番话，又似乎表明那位老道知晓他的行踪。那老道和这宗谜案又有什么关联呢？他总觉得在什么地方见过这个老道，可就是想不起来。

　　自河边飘来一层薄薄的暮霭，他离码头越来越近了。码头边没有店铺或商贩，周围看上去一片漆黑，荒凉寂静，只有停泊在漆黑水面上忽上忽下的船顶发出点点亮光。

　　走过第一个货仓后，狄公便从驴背上下来，靠墙放好拐杖，然后背着剑朝有一大片空地的高大树林走去。正当他在黑压压的树枝下走着的时候，头顶上传来一个嘶哑的声音。

　　"你来晚了，可郝爷还没到。"

　　他一抬头，依稀看到一个魁梧的身影，郎刘的一个保镖正栖身在一根粗大的树枝上。不错，这就是他一贯的做法。狄公走过空地，敲响了货仓的门，那位圆球脑袋即刻将门打开。"恭候大驾多时了！"他咕哝道，"这地方让我浑身起鸡皮疙瘩！"

"怕泰明的鬼魂吗？"狄公冷冷道。他把凳子放在墙边，坐了下来。

"那倒不怕！"郎刘的账房在狄公身旁坐下。"他像猪一样号叫！那帮蠢猪没多久便把他治死了。"一阵狞笑扭曲了他厚厚的双唇。"他们把他绑在这张凳子上，先是……"

"我对你们的把戏不感兴趣。"狄公把剑放在膝上，身子往后靠在墙上。

"告诉我，你从他身上搜到了什么？"

"什么都没搜到。他们烧他双脚的时候，他无数次地叫喊着他没有得到那些珍珠，即使后来再怎么拷打都不管用，他还是尖叫着重复那些话，看来他确实未曾到那些珍珠。临死前，他骂我们是厚颜无耻的无赖。那帮白痴剖开他的肚子，想看看他是否把珠子吞到肚子里，结果肚子里什么也没有。"看着狄公的剑，他又紧张地说道："这把剑可能会使郝爷起疑，你定要拿着它吗？"

"当然。"

狄公双臂抱在胸前，低下头。他尽力不去想什么，可面临的许多问题时时困扰着他。打现在起，他会把注意力集中在死去的账房身上，因为即使姓郝的能当场说出宫中的密谋者是谁，他也不能拿他们怎么样，除非他已找到了项链。公主也再三强调过这一点。他不禁纳闷，泰明骗郎刘时，他葫芦里到底卖的什么药。

无论如何，他觉得应该和潜逃在外的魏夫人谈一下，也许她能提供一些泰明处置项链的线索。"坐着别动！"他对身旁烦躁不安的账房厉声喝道。魏夫人的事是凤儿告诉他的。凤儿是个不寻常的女子，可惜身为女流，而且只在魏家住了几个月，他不知是否该相信她对客栈掌柜娘子的称扬。凤儿说过，魏夫人并未和死去的账房通奸，而魏掌柜是个令人讨厌的老东西。然而，对一个有夫之妇而言，一声不响地离家出走总是件不光彩的事。魏掌柜以前提到过，一位游手好闲之徒是他妻子的相好，这也是他要查的一件事。他本来应该和魏掌柜长谈一番的，可情况变化得那么快，以至于……"你在咕哝些什么？"他生气地问身旁的那个家伙。

"我只是在为郝爷担心。我们在此等了快半个时辰了！他如果不能来，为何让我们在这儿等呢？"

狄公耸耸肩。

"你说，为什么？啊，他可能被什么意外的事给耽搁了……"他突然打住了话头，一拳打在自己的膝上。

"天哪，我早该想到这一点的！在所有的……"

"什么……为何……"圆球脑袋结结巴巴地问道。

"我和你一样是个大笨蛋！"狄公恨恨道，"这约会分明是个圈套！"

狄公不再理会受惊的账房，一跃而起，向外冲去。手指放进嘴里，吹了两下。尖锐的哨声响彻寂静的空地，隔壁货仓的门开了一条细缝，一张胡子脸小心地往外张望。这时，松树林中传来大声的号令和兵刃的哗啦声，对面树上跳下一个高大的黑影。两个士兵抓住那个保镖，他原本还想挣扎，可被人用剑击倒在地。霎时，空地上围满了全副武装的羽林军，有两个羽林军士卒正用战斧砸开第二个货仓的门。苏校尉跑到狄公面前，身后跟着刘队正。

"您走后，我们再也没有发现什么人跟着你，"苏校尉说，"我想，您身后的那个瘦子大概就是姓郝的吧？"

"不，不是他，可拷打和杀害账房的是他。马上逮住他！姓郝的适才并未出现。你们的马在哪儿？我们必须尽快赶到翠鸟客栈！"

苏校尉对刘队正下令后，向树林跑去，狄公紧跟其后。苏校尉回头问道："我们需要多少人？"

"四个就够了！"狄公气喘吁吁地答道。

林中小道第二个转弯处，六个骑兵正守着几十匹挂满马饰的马。狄公和苏校尉牵过两匹马，翻身上马，苏校尉命四个羽林军士卒跟在他们后面。

林中空地上，羽林军让郎刘的人排成一队，然后用铁链把他们锁在一起。刘队正正用一根长细绳笨手笨脚地绑那圆球脑袋，从一旁经过的狄公大声说道：

"别忘了那头驴！它在那儿等着呢！"

六匹马向码头疾驰而去。

十四

　　昏暗的大厅内，魏掌柜站在柜台后面，正与两个客人饮茶。他疑惑地看着狄公和羽林军士卒，停下举到嘴边的茶杯。

　　"有人来找过郎刘吗？"狄公厉声问道。

　　客栈掌柜摇摇头，目瞪口呆地站在那儿。

　　狄公跑到通往郎刘厢房的走廊里。外室的门没有上锁，可进入郎刘书房的门似乎从里面闩住了。苏校尉用剑柄猛敲那扇门，见里面没人回答，便用穿着盔甲的肩膀撞门，"哗"的一声，门被撞开了。他突然停下来，跟在后面的狄公刹不住了，撞到了他身上。屋里没人，却被人细细搜过了，桌子掀翻在地，所有的抽屉都被打开了，地上撒满了纸，甚至有好几处的墙板也被撬开了。突然，狄公抓住苏校尉的手，指着远处的一个角落。苏校尉狠狠地骂了一句。

郎刘赤裸僵硬的身体被倒挂在椽子上，光着脚，由一根细绳系着脚悬吊着，双手被绑在身后，一块满是血迹的破布紧紧地绕在刚好没有碰着地面的头上。

狄公向郎刘跑过去，弯下身子松开那块破布，血立即流到地板上。他迅速摸了摸郎刘的胸脯，还是热的，可心已不跳了。他转向苏校尉，脸色灰白。

"太晚了。让你的手下把他放下来，送到停尸房去吧。"

狄公摇摇晃晃地走到桌子边，扶起椅子，坐了下来。郎刘是个无情的罪犯，应该在断头台上被斩首，而不是像这样被野蛮地折磨死。狄公自忖该对此暴行负责。苏校尉柔和的声音让他从沮丧的思绪中惊醒过来。

"大人，我的两个手下正在搜查院子，审问那些伙计。"

狄公指着院门，疲倦地说道："我想他们是不会看见有人闯进来的，苏校尉。他们是从那儿，就是后门溜进来的。那时厨师们正忙着烧晚饭，这便是他们选定酉时见面的原因。见面是个计谋，是想让郎刘的手下都离开他，这样便可对付他一个人。苏校尉，我犯了个大错误，一个非常大的错误。"

狄公慢慢抚着胡须，觉得此种手段完全出自老谋深算之人。他们在郎刘身边一定有卧底，此人通知他们泰明并未将项链送来，因此他们并没派姓郝的来取。然而，狄公又想，他们定是认为泰明在回客栈打点行囊时，将项链交给了郎刘，而郎刘履行自己的诺言，给了他一大笔超过当初商定的酬金来打发他，随后又派人把泰明杀掉，这样既省下一份赃款，又可免除后患。在确认郎刘将项链藏在其书房后，宫中的密谋者们便安排在货仓碰头，声东击西，令狄公猝不及防。

"你怎么说，苏校尉？"

"大人，您觉得这些歹徒是否已找到了他们要的东西？"

"他们没有找到，项链不在这儿。"

狄公对此深信不疑，倒不是他觉得郎刘并非口是心非之徒，而是因为，当初若他们已找到项链，泰明定会让那些拷问他的人带他去见他们的头儿，因为他觉得即使郎刘不会饶他一命，至少还可让他多活一些时间。

两名羽林军士卒把死尸放下来，狄公在一旁默默地看着。他们把死尸放在一个担架上，盖上一块厚布，抬了出去。他感到一阵恶心。这个荒谬而且叫人沮丧的案子搞得他精疲力尽。

"噢，大人，差点把这件事给忘了！就在我集合兵马赶到郎刘货仓时，我在山那边十里村的探子汇报说魏夫人不在那儿，而且他们确定，她从未去过那儿。"

狄公没有说话。如此说来，他的这项推理也是错的。看来一切皆是徒劳。他无精打采地问道：

"对于'越狱'一事，宫中那班人怎么说？"

"大人，他们没什么可说的，因为我把他们带到了那间所谓关押您的地牢，刘队正的手法确实漂亮。我不喜欢他们那种恶劣行径。大人，郎刘的被害提醒了我，我要在此大厅安置六名羽林军士卒，告诉他们，外人一概不许入内。"

狄公站起身来。"很好，"他说道，"今晚我要好好地睡上一觉。"说罢，便与其他两人一起回大厅去了。

狄公并没意识到翠鸟客栈中有如此多的客人。大厅里挤满了情绪激动的人们，一位羽林军士卒站在大门口，另一位正在一个角落审问那些受惊的下人。一见到苏校尉，大家便围上来问个不停。苏校尉朝魏掌柜点点头，他正和凤儿及一名伙计站在柜台旁。苏校尉对魏掌柜道：

"有人进来把郎刘给杀了，并搜了他的房间。"

"天哪！他们有没有弄坏我的家具？"

"你自己去看看吧！"苏校尉对他说。魏掌柜冲向走廊，那位伙计紧跟在后。这时，苏校尉对大家说道："各位，请回房吧。不用担心，今晚我会让六位羽林军士卒通宵在此守护。"

经过柜台时，狄公对苏校尉道：

"我想仔细看一下登记簿。早该这么做了。似乎还有许多事情要办！好了，明天一早我去找你。"

"看来你同那位新校尉挺有交情的！"凤儿嗔道。

"前世有缘。请你把客栈的登记簿给我好吗？"

她拉开上面一层抽屉，把一大本簿册给了他。她双肘撑在柜台上，看着狄公翻阅。可那些名字并不能告诉他什么。除郎刘一帮人外，其他的似乎都是些规矩的商人，他们都比狄公早到一两天。他把名册交给苏校尉，让他查一下他们的来历。

"整个下午都不见你的人影，"她一边说，一边好奇地瞧了瞧他那张憔悴的脸，"知道吗？你看上去有点累。"

"我很累，我想早点休息。我回房了！"

回到楼上的房间后，他打开窗户，拿起茶壶，在桌旁坐下。他一边慢慢地呷着茶，一边尽力使自己的思绪集中起来。他必须冷静地回想这发生的一切：过一遍郎刘被残杀的情形；把发生的一切看成斗智的拼图游戏，将每个部件放在合乎常理的位置，但其中许多构件却已丢失。如若公主未曾令他在找到项链之前隐姓埋名，他至少可以做些事情，叫事态有所进展。回宫去，进行官方调查，从逮捕跟踪过他的苑总监手下那两个灰衣人着手。当然，他们跟踪他并非是因他曾乔装进宫，而是他们为宫中的密谋者所收买，定是不让他将项链拿到手。

规划好这一行动后，他又考虑了一阵，看看是否还有其他选择的余地。时间紧迫，只剩一个夜晚和明天一清早的时间了，因为公主明日中午便要离开碧水宫返回京城。他站起身，焦虑地来回踱步，双手背在身后。

他眼前浮现出公主可爱的脸庞。这位三公主是皇上最宠爱的女儿，尽管平时身边宫女和女官成群，还受到宦官总管及其手下那班巨人般兵卒的保护，可她还是觉得孤独，只有一位女官可信赖。皇上对她百依百顺，甚至破例赐下密旨可让她任命一位朝廷御史。如此显赫的年轻女子，竟会感到如此孤单！他想起她那双水灵却充满忧虑的眼睛。

她曾对他说过，项链被偷是因为他们想使皇上在感情上疏远她。可那不可能是真正的理由。皇上英明且善解人意，对项链丢失一事至多也就责怪几句。然而她对他说的最后一句话却是意义分明：她将自己的幸福交与他手中！

他痛苦地感到，过分自信令他犯了些错误。那个账房被杀以及与客栈掌柜娘子有关的推断应该是错误的。可那夜，那个年轻人到碧水宫偷项链又是何缘故呢？

狄公突然停住脚步，憔悴的脸上慢慢露出笑意。他抚弄着胡须，终于意识到自己可以独自行动。

　　他迅即打开行囊，翻找里面的东西。在囊底，他找到一件黑丝袍和一条长长的黑腰带。他满意地点点头，这正是他所需之物。他脱下棕色长袍，躺在床上。他需要睡上几个时辰，可是太多的思绪令他不得安稳。辗转反侧一阵后，他终于进入了梦乡。

十五

　　狄公一觉醒来，镇上已是一片宁静。他断定已快午夜了。此时天空虽飘浮着一些云朵，偶尔吹来阵阵凉风，可他觉得天不会下雨。他快速俯视一下未曾在意的院子，院子里空无一人。看来，苏校尉的手下一定在大厅之内，或者在客栈门口。

　　他脱掉身上的内衣，换上一条肥大的薄棉黑裤，外面再穿上那件黑色长袍。他本想把那重要的密旨移到黑长袍的衣领中去，可转念一想还是维持原状好。如若失败，密旨即使在他尸身上寻到，自然无甚用处。此次夜探，"不成功便成仁"。黑暗中摸索了这么久，瞎打瞎撞，到头来事情却是异常简单！

　　他一边轻轻哼着曲子，一边在腰里系了根皮带，再把那条长长的黑腰带由前往后系在他宽大的身上，将剑插在身后的腰带下，剑柄正好卡在他右肩。他看了看前臂的伤口，似乎恢复得很好，但他还是在上面贴了块黑膏药。最后，他在头上戴了顶小黑帽。

房外的走廊里没一点声响。然而，就在他朝楼梯走去时，楼板嘎吱作响。他吃惊地停下脚步，听了一会儿，下面的大厅内没有一点动静。

狄公紧贴着墙壁下得楼来。大厅内空无一人，可他听到外面门廊上羽林军士卒的谈话声。记得魏掌柜昨晚是从他办事的屋子后门去唤马夫的，于是，他来到格子屏风后。他打开门，发现自己又回到了那个熟悉的后院。从储藏室旁的小门出来，他穿过小巷，来到那条与正街平行的街上。白天，这儿是个热闹的集市，可现在，所有的店铺都已关门，周围死一般寂静。狄公很想有盏防风灯，如果乌云把月光遮住的话，码头上准是一片漆黑。

突然，一条小巷中传来说话声，狄公赶紧朝四周张望，寻找能藏身的门廊，可那个巡夜官早已来到跟前。他举起了防风灯。"啊，是梁医生！这么晚了还没回家。医生，有什么要我们帮忙的吗？"

"我要去接个难产，在鱼市旁边。"

"这个忙我们可帮不了，医生！"巡夜官说道。他的手下大笑起来。

狄公说："你们能帮的忙就是把那防风灯借给我。"

"可以！"巡夜的士卒离开了。

狄公吹灭防风灯，因为它之后的用途更大。快到码头时，他朝身后看了好几次，有种令人不安的感觉，觉得有人在注视着他。可是，货仓所有的窗子都已上锁，房子的黑影里啥都没有。雾笼罩着码头东端。顺着船上的油灯亮光，他来到了水边。望着一长排停泊在那儿的船只，他不知哪条船是凤儿的，黑暗中，它们看上去都一样。

"从左边数过去第五条船。"他身后传来一个细小的声音。

狄公急忙回头，看到那个苗条的黑影，便皱起了眉。"原来是你！为何跟踪我？"

"是你叫我这么做的，因为你把我吵醒了！你知道不，我就住在你上面的阁楼里，而且，今晚我本想早点睡的。起初，我听到你来回走动，后来又在床上翻来倒去，我可没法子睡。当你在走道里发出嘎吱声响时，我想最好还是跟着你，瞧瞧你到底要干啥。看来我没错，我可不想看着我的船沉到水底去，我挺爱这条船的。"

"听着，凤儿，别说废话了，你马上回去。我知道自己在干什么。"

"到了船上就不知道了！你这是要上哪儿？"

"不远，如果你定要知道，我告诉你，在河那边第四个小河湾。"

她哂道："想想看，黑暗中你能找得到吗？听我的，即便是在大白天，你也找不到湾口的！河湾口很窄，到处是水草。我碰巧知道那个河湾，那儿的螃蟹很好吃。来吧，上来吧！"

狄公犹豫不决。她说得对，也许他要花上好几个时辰方能寻到河湾。如果她肯听话地待在该待的地方，是不会有危险的，而且这样确实可省去许多麻烦。

"我想到那边的树林看看。你得明白，没准会叫你等上几个时辰。"

"我可在船上睡一觉。河湾四周有的是高大的松树，我会把船停在树下。我想至多也就是几场雨罢了，可船上有一块帆布，可以用来挡雨的。"

他在船尾坐下。"你真是帮了我的忙，凤儿！"当她把船撑离岸边时，他感激道。

"我喜欢你，而且还相信你。天知道这么晚了你干吗还在外面游荡！我们别在船头点灯。"

他们划到开阔的水面时，一片云遮住了月亮，周围变得一片漆黑。这时他才明白，假如没有她，他定会迷路的。她快速且灵巧地划着桨，船飞速向前，却不发出一点声响。水面上一阵凉风袭来，他把袍子紧裹了一下。

"到了！"

她把船拐进一个狭窄的湾口时，下垂的树枝扫过他的双眉，眼前出现一片黑乎乎的高树林。她拿起撑竿，很快，他感到船身撞在了岩石上。

"我就把船停在这块岩石旁，"她说，"现在你可以点灯了，水面上没人能看到我们。"

狄公从袖管中取出打火盒，点亮了从巡夜官那儿借来的防风灯。这时，他才看清楚凤儿穿着一件黑布衫、一条黑裤子，头上还裹着一条黑围巾。她眼里露出调皮的眼神，说道：

"你瞧，我还知道穿上夜行衣！哈，真高兴我们能隐藏在这个河湾中，只有你、我和月亮妈妈。难道你不想伏在我耳边轻声说几句感受吗？"

"我想沿着那条穿过树林的小路寻一样东西，估计要费些时间。如果一个半时辰后我还未回来，你就一个人回镇上去。我可警告你，要等很长时间哪。"

"接下来你要跟我说的是你想去找药草！"她打断他的话头。"好了，别担心我了，还是担心蛇吧。最好把防风灯照亮，免得踩到蛇了，它们可不喜欢你这样做。"

狄公把长袍的下摆掖进腰带，涉水上岸。他身佩着剑，左手提着灯，一边在茂密的树林中摸索着前进，一边寻找出口。

"你是个呱呱叫的盗贼！"凤儿在他后面大喊着。"祝你好运！"

狄公无奈地笑了笑，排开细长的树枝和多刺的灌木，不停步地朝东南方走去。比他料想得要快，走出树林，来到一条窄道。在他右侧，小道消失在杂草丛中，左侧却是一片空地。狄公找了根粗壮的枯树枝横放在路上，以免回来时迷了路——如果他还能回来的话。

沿着蜿蜒曲折的小路走了一会儿，他发现黑夜静谧之至。路两旁密密的树林中不断传出沙沙的响动以及尖叫声和咆哮声，头顶的树枝上还传来夜禽的鸣叫声，时而还能听到枭哀伤的鸣叫。一些小动物见到防风灯的灯光便从他脚前仓皇逃走，可他并没见到一条蛇。"也许只是在耍弄我！"他笑着咕哝道。她是位有胆量的姑娘。蓦地，他停住脚步，迅速往后退去。一条五尺来长的花蛇滑过小道。有胆量，还诚实。他不乏酸涩地暗自思忖。

约莫过了一炷香的工夫，他穿过阴森森的树林，脚下的路变得越来越宽，前方的树林中也出现了亮光。接着，他看到了水，对面是高大的西北瞭望塔，瞭望塔左边是一片静静的水域，黑暗的天空下，望上去更是漆黑一片。

小路弯向右侧，沿着碧水宫边的护城河一直向南延伸。他双膝跪下，爬过护城河边的那排矮树丛。到了水边，他惊恐地发现，护城河要比他早晨看到的宽许多。那时他估计有十五尺左右，可事实上护城河有近三十到四十尺。他身下几尺远的水面相当平静，并无特别之处。透过昏暗的水面，他没有见到水下的闸门。看来，那位圆球脑袋所说的郝爷的指令是正确的。

他从矮树丛中拣起一根枯树枝，俯下身子，以探测水的深度。不错，树枝上的水痕很深，约有三尺。突然，瞭望塔的雉堞内传来几声吆喝，接着是铁靴踩在石头上发出的撞击声。在这宁静的夜晚，这些声音显得尤为响亮。狄公赶紧伏在树丛中。原来是在撤换岗哨，这表明已是午夜了。

他又爬到水边，瞪大眼睛。沿墙会有一条小路吗？从水面上看，他只能看到一片狭窄的杂草丛。他叹了一口气，决定亲自去寻找。

重新爬回到路上，他从身上解下长长的黑腰带，用剑割成两条，又把无檐弁帽塞进袖管，将半根腰带紧绕在头上，然后脱下黑袍，整齐地叠好，再把另一半腰带绕在剑上，把它和防风灯一起压在袍子上，以防风把衣服给吹走了。他把肥大的裤子紧紧裹在腿肚上，将裤脚塞进靴子里，接着用布带绑在双腿上。最后，他把长须分成两缕，甩在肩后打了个结，再向上绾进帽中。

重新爬回到护城河边，他担忧地望着城堞。姓郝的曾说，泰明到碧水宫的时候，箭手们会在"别处忙碌"，显然是宫里的密谋者们故意把箭手引开了。可他不得不也这么干了。他慢慢滑入水中，虽然双脚和双腿没什么特别的感觉，但肚子和胸脯却一阵冰凉。他一想起泰明是沿着闸门游过去的，便不禁蹙眉。他没法完成这种杂技表演。

他让鼻子和眼睛露出水面，沿滑溜的关闭着的闸门向前蹚过去。他的双手不知碰到了什么秽物，还有柔软、缠人的水生植物。闸门的木板已经朽烂，他不得不应付那些意想不到的裂口。蹚到一半，他的手突然抓了个空，身体便往水下沉去，头顶上冒出了水泡。他努力让自己浮出水面，抓住闸门，深吸一口气后，便继续向前蹚去。

一到护城河的那边，他才松了口气。狄公在水中弯下腰来，沿着墙脚用双手在泥草中摸索。神秘人物郝爷或许是个令人讨厌的家伙，可对他的精明，狄公倒是很欣赏，因为这儿确实有个突出的木架，被一层发臭的淤泥盖住了，上面长着杂草，但足以落脚。他紧张地朝高出他头二十尺的城垛望了一眼，然后慢慢离开水，双脚踩在木架上。他将背靠在倾斜的墙上，双手扒抓墙面，沿着木架拐过瞭望塔一角。现在，他面朝护城河，漆黑的水面上泛着亮光。

他小心翼翼地沿着北宫墙向前走着。在泥泞的木架上，他用穿在湿漉漉的靴中的脚趾试探着每一步。没多久，眼前这死气沉沉、黑乎乎的河便搞得他晕头转向了，觉得自己和整座碧水宫正在向河流上游走去。他毅然闭上双眼，继续缓缓前行。他知道，泰明这样瘦小的年轻人来做这事要轻松得多，他这般身材与体重的确带来了诸多不便。每隔一步，他的脚就会深陷到淤泥中，而且，他还要判断木架的哪个部分容易被踩坏。在一个淤泥不多的地方，他转过身，面朝墙壁。此时，他睁开了双眼，看到风雨剥蚀后的砖头间的沟沟槽槽，这些沟槽使他有可以攀抓的地方。

当左手碰到第一个水门上突出的石头时，他松了口气。他把手伸进去，抓住凹进墙一尺左右的铁栅栏上的一根铁条，再从拱门下荡过去，伸手抓住上面的一根横杆，双腿勾住卜面的一根横杆，让双脚伸进栅栏，靴子刚好离开水面。这个姿势可不舒服，但绝对安全，因拱门的上半部分挡住了瞭望塔的视线。他担心地想着，他还要经过好几个水门，记得早上数过，有八个水门。他现在是在步泰明的后尘，唯一不同的是，泰明是去偷项链，而他是去悄悄听取公主的意见。为了不违背殿下的旨意，还是征求下她的意见。这是获取大秘密的唯一办法。同时，从泰明走过的这条路线，说不定还能发现他隐藏项链的线索呢。

狄公休息了一会儿后，回到拱门的左侧，继续沿着木架前行，右脸颊紧贴着毛糙的石墙，两只靴子上满是淤泥。

渐渐地，他习惯了这奇特的像螃蟹一样爬行的姿势，而且很庆幸自己不会被箭射到，因他注意到瞭望塔向外突出一尺左右，士卒如果不探出身子朝下看的话，不会发现紧贴在石墙上的他。当狄公伸出左手欲抓住沟槽间的砖块时，心内一阵高兴，因他的左手再一次碰到了突出的拱门。这拱门要比前一个低得多。可是，当弯腰朝装有栅栏的凹处望去时，他却倒吸了一口冷气，身子几乎失去了平衡。栅栏里面，一只白皙的瘦手正紧抓着最下面的一根横杆。

十六

　　狄公尽力稳住自己的身体，然后又朝那只手看了一眼，发现纤细的手腕上戴着一只刻有龙纹的纯白玉手镯。他马上想到，这不是水门，而是一间地牢的拱窗。沉重的铁栅栏前是一块三尺宽的突出灰色大石板，高出水面一寸多。他跳上那块大石板，蹲下身子，漆黑的栅栏里传出一声压抑的叫声，那只白手也随之消失。

　　"夫人，我是梁谋。"

　　两只瘦手紧抓住最下面的横杆。在手的下面，依稀可看到一张白白的鹅蛋形脸。显然，装有栅栏的窗子靠近地牢顶，离地面很高。

　　"怎么……你到这儿来干吗？"凤仙夫人颤抖着压低声音问

道。

"我本想去见公主。我想了解更多的事情，好完成殿下嘱我去办的事。你怎会到这该死的地牢里来的？"

"狄大人，发生了些可怕的事。从昨晚到现在，我还未曾吃过一点东西。请给我些水喝！"

狄公从头上解下黑腰带，折起来盛满水。他边把临时做的滴水布袋递进栅栏，边提醒道："把脸浸在里面，可不要多喝了。"过了一会儿，她缓过气来，说道：

"事实上我得的是轻度哮喘。当时，你离开后，我想还是吃你开的药吧，可一位宫女偷偷在药里下了另一种药。我才把药服下，便觉得天昏地暗，跌倒在地，四肢不停地抽动。公主非常惊恐，马上唤来御医，御医说我病得很重。我晕了过去，醒来时，便发现自己躺在这间地牢一角的湿地上，没人来看过我。"她停了一会儿，又疲乏地说道：

"他们的打算，我明白得很。早上他们会过来，那时我就快要饿死、渴死了，他们让我吃下已下过毒的东西，然后再把我带到公主那儿，说大夫已经尽力，可我还是死了。宫中的护卫到了中午便会把公主带回京城，这样，便不会有人再追查我的死因。能让我再喝点水吗？"她从铁栅栏中把那湿腰带递了出来。

"密谋策划的人是谁？"他一边把水递给她，一边问道，"这也是我要问公主的一个问题。"

"你最好别去见她，大人，她现在肯定不相信你，以为是你开错了药。你问是谁与我们为敌？公主和我怎生知道？从早到晚，每日身边有几十个人，个个彬彬有礼，面带微笑，讨主子欢喜，怎能看得出谁是被收买的内奸，谁在串通密谋呢？我只是想，我是公主殿下最亲密的朋友，他们竟敢在我身上下手，宦官总管和苑总监是此行宫内职位最高的，他们应该知道是怎么回事。可是，他们或许受骗了也说不准。谁知道有多少人因为被收买而说谎，又有谁知道多少忠心的奴婢被诬陷而被关进地牢呢？在这宫里，只有一个人是神圣不可侵犯的，大人，那就是三公主。"

狄公点点头。

"夫人，我来碧水宫看你的时候，宦官总管和苑总监都对我怀有敌意。苑总监更是想尽办法要把我抓起来。是谁告诉公主我已到滨河镇，又怎的知道我的化名？"

"是葫芦大师。五年前，碧水宫还没有成为公主的避暑地时，葫芦大师就常到宫里来，因为陛下让他给皇太子讲授人生哲理。三公主常在一边旁听，且对大师很是仰慕。葫芦大师告老还乡回到滨河镇后，公主还经常召见他，因她喜欢跟他聊天，且对他非常信任。大师在宫内深受爱戴，而且年高德劭，故而宦官总管不敢与他作对。大师定是知道公主遇到了麻烦，因为昨日他向她闺房东角的露台上射了一支无头箭。你知道，他是位射箭高手。"

"我见过他，"狄公说，"一个大好人，持一把剑。"

"那是当然的。以前他常教太子们剑术，尽管他双脚是跛的，但他可是个杰出的剑客。他坐在凳上，一手一剑，三位有经验的剑客也无法近他的身！对了，他射来的箭上附了一封信，告诉公主你要来，你的化名，以及你待的地方，并且建议公主与你联系。公主马上召见我，说她想让你替她找回项链。于是，我便派我女儿去找你。在这儿，她是我最信赖的人了。"

"我知道。我已有了项链盗贼的线索，那是个被贼帮收买的年轻人，而那伙盗贼又被宫里的密谋者收买。那年轻人未将项链交给他们便逃走了，而贼人们未等他吐露项链的藏处便把他给杀了。我还没找到那串项链。"河面上吹来一阵冷风，他衣衫单薄、浑身是汗的身体开始颤抖起来。"你有什么东西可以让我披一下？"

不多会儿，一件女式的锦缎袍子通过栅栏递了出来。"这些无耻之徒连条毯子都没有给我。"她低声说道。狄公从栅栏中拉出那团衣服，把自己裹了起来。他盘腿坐在突出的石板上，又道：

"公主与我说过，他们偷项链的目的是想离间她和皇帝的关系。我是指……陛下……呃，请允许我在这特殊环境下用语不敬。不管怎么说，就在今晚，你的对头已经采取行动，实施了谋害，以为这样便可有机会得到项链。他们为何如此急于得到项链呢？他们想让它消失，不是吗？而且，我认为"项链的失窃会影响父女关系"应是不可信的。当然，对于此事，你应该比我更清楚。"

他打住话头，希望听到回答。见没有回音，他继续道：

"公主认定是宫外的人偷走了项链，这就让我想到，公主是否正担心她的对头在千方百计从她亲近的人那儿找到项链，并借此诬告那人偷盗了宫中珍宝。公主不愿把那人的详情告诉我，我也就不强求了。不过，这对我肯定有帮助，如果你能给我一点暗示，或者……"下面的话他没有说下去。

好长一段时间，两人都不再说话。狄公蜷缩在厚厚的袍子里，衣服上淡淡的香味和阴暗潮湿的地牢里散发出的恶臭形成了鲜明的对比。凤仙夫人终于说话了：

"大人，公主当下心里乱糟糟的，快要崩溃了，故而不可能告诉你更多的情况，可我行，而且我也愿意。你知道，皇上说过同意让公主自己选驸马，因此朝廷里的几个派系自然都动了起来，想让公主从他们中挑一个驸马。皇上掌上明珠的驸马爷必定在朝中有权有势，且还能给他们的派系带来好处。你可以想象，当公主对康郎将表示好感时，他们有多气恼和失望。康郎将检校碧水宫的羽林军，行事磊落，不和任何派系同流合污，因此那些反对他的派系决定联手把他从公主身边赶走。"

"这样的话，就好办了！"狄公插嘴道，"只要她让皇上知道她喜欢的是康郎将，这样便没人敢……"

"大人，事情可没有那么简单！公主并不十分确定她真的爱康郎将，或康郎将真的爱她，这也就是为何项链的失窃会构成如此可怕的阴谋的缘故。康郎将私下和公主见过面，在他离开后，公主便发现项链不见了。有人向公主暗示，当然是以间接的方式暗示：此物是康郎将拿走的，因他有个相好，并打算与她一起逃到一个偏远之地。大家都知道他没钱，为了保住今日的地位负债累累，这就是他把项链弄到手的首要理由。项链定在康郎将那儿。"

狄公缓缓地点了点头。公主对他说，她怕项链掉进河里才把它解下来，此话一开始就似乎有些靠不住。他现在还记得，当时她再三强调她很孤单。

他说："我想公主很爱康郎将，因为她向我保证，项链是被宫外的人偷走的。"

"你无法想象，矛盾的感情是如何折磨她的，大人。有时，她觉得自己是爱他的，有时又觉得不是。"

"嗯，恋爱中的年轻女子不都是这样吗？"

他听到她叹了口气。

"大人，既然你是唯一能挽救局面的人，我不妨告诉你那些卑鄙的密谋者为何如此关注项链并利用它来离间公主和康郎将的第二个缘由吧。这是个天大的秘密，要在平时，我死也不会说出半个字！"她沉默了好长一会儿，继续道："你不觉得奇怪吗，陛下从未替三公主选过驸马。宫中有条规定，公主一过完十八岁生日便要选驸马，而三公主早已二十六岁了！皇上答应让她自己选驸马的宠爱之举，可以理解为皇上想尽量推迟她的婚配，以便……以便把她留在自己身边。"

狄公抬起双眼。"为何……"他欲再问，可蓦地恍然大悟。

天哪！他胸前直冒冷汗。真是太糟糕了，简直说不出口……"她……公主有没有意识到……？"

"她有所怀疑。还有比这更糟的呢，她对于此事不似我等想象的那样害怕。你可以想象，一旦那关系……如此推断下去的话，会导致怎样的结果。"

狄公紧握双拳。此时，他方才明白偷盗项链计划的真正可怕之处。一位二十六岁的成熟女性，在与世隔绝的内廷长大，不能把握自己的情感……在对康郎将的爱痛感失望后回到京城……在这种心绪不稳的情况下，她……要是……这一切成为事实……那么知道这肮脏秘密的人就能……天哪，如果应对得当，他就能阻止皇上！突然，他坚定地摇摇头，激动道：

"不，夫人，我不相信这些！只有那些卑鄙的乱臣贼子，尤其像宦官那类扭曲人性的狗杂种才会有这种令人作呕的念头，他们是宫中不可避免的罪恶之源！我相信公主目下因茫然而举棋不定，怀疑自己的感情。至于皇上，当初我已故的父亲在朝为官时深得陛下信赖，他常说皇上是个了不起的明君，尽管地位至高无上，可品德更是叫人仰之弥高，极具天子的公正。"他以平静的声音继续道："不管怎么说，我要感谢你告诉我这一切，我总算知道那些密谋者的动机了，知道他们为何不肯停止凶残的谋杀。但是，不管动机是什么，只要证明康郎将未曾偷那项链，他们便无能为力。因为我确定，只要公主还相信康郎将，她便会恳请皇上让他们订婚。"

他把缎袍脱下来，递回到栅栏中。"不要绝望，夫人！今晚我一定尽力找到那项链。如果他们一早来找你，你就尽量拖延时间，见机行事。不管成功与否，明日早上我会到宫中救你出去的。"

"狄大人，我没啥要紧，"凤仙夫人轻轻道，"愿老天保佑你！"

狄公让自己平静了会儿，便离开了。

十七

　　一回到护城河那头的树底下，狄公便脱掉浸湿的靴子和湿透的裤子，用绕在剑上的那半条黑腰带擦干赤裸的身子，接着又把那腰带系在腰间，穿上黑长袍，戴上那顶弁帽。他不知如何处置湿裤子，便把它扔进一个兔子洞，最后拿起防风灯和剑。

　　这时，他觉得浑身舒坦轻松，可是，忽又觉得脑子里空荡荡的。之前的紧张感再度又袭上心头。走在林中的小路上，他觉得，自己根本无法想明白凤仙夫人所说的一切。他想起葫芦大师说过的"空"的要义，便什么都不去想了，只想象自己就是那账房泰明，回到自己走过的路上，想着把项链藏在某处。走着，走着，狄公发觉，尽管自己的头脑已麻木，可感觉还是非常灵敏。他敏锐地观察着林中的一切，双耳谛听着簌簌树叶间发出的每一种声音，双目辨认着防风灯下每一根树干及每一个长满青苔的石洞。他察看那些可能引起泰明注意的地方，可就是未能找到项链。

约莫半个时辰后，他来到了原先横放在路上的那根枯树枝旁。他很高兴自己留下了这记号，因为林中的树枝都一个模样，难以分辨。他拨开茂密的树枝，摸索着朝小河湾的堤岸走去。

走在大树的树荫下，狄公并没发觉月亮已经升起，柔和的月光映照在水面上。他站在岩石旁，朝那停泊在多节的松树枝下的小船望去，却惊奇地发现凤儿并未在船上。此时，身后传来了撩水声，她大声说道：

"你这么早就回来啦！离开还没到一个时辰呢！"

他转过身，见凤儿正赤裸裸地站在没膝深的水中，年轻美丽的胴体上满是晶莹的水珠。见此情景，他内心一阵激动，血脉似已偾张。她将身子蹲在水中，双手挡在胸前。

"你身上脏兮兮的，也该洗一洗！"

"对不起，让你久等了。"他低声道，一边背对着她在岩石旁坐下。"最好穿上衣服，已过半夜了。"他脱下靴子，从石缝中拉过一把草，洗起靴子来。

"我可不在乎等。"她一边说，一边走了过来。从眼角的余光，他看到她直挺挺地站在岩石旁，绞着她长长的头发。

"快点！"他对她说，并用草擦掉靴上的泥。

他慢慢地擦着靴子，当他重新穿好靴子站起身来，她已穿好衣服，正忙着把船从松树下撑开。狄公走进船舱，她把船撑向河湾口。拿起桨的时候，她失望地看了一眼银色的松树枝，低声

狄公只顾使劲地擦洗靴子（高罗佩 绘）

说道：

"对不起，我很傻。可是，我喜欢你，一直希望你能带我去京城。"

狄公把身体靠在船头。脑中空荡荡的感觉业已消失。他只是觉得累，很累。过了一会儿，他说：

"凤儿，你喜欢我，那是因为我让你想起了你跟你父亲一块度过的幸福安逸的生活。我也喜欢你，故而我希望你能嫁个如意郎君。可我会永远记得你，不过，这并不仅仅是因为你帮了我许多忙。"

她对他亲切地一笑。"你找到要找的东西了吗？"

"可以说找到了，也可以说没找到。但愿明天能告诉你更多。"

狄公双臂抱在胸前，回味着他和凤仙夫人间的谈话。理清头绪，他方能想出找到项链的办法。他觉得，泰明一定是将它藏在翠鸟客栈或附近的某个地方，要不泰明就不会回客栈。泰明知道，郎刘那帮人迟早会离开客栈到南方去，这样他就有机会从十里村回来取那项链。

和他们离开时一样，码头上还是空无一人，只有月光照在一块块圆石上，显得有些阴森可怕。"我走在前面，"他对她道，"一有情况，赶紧躲到门廊里或小路上去。"

可直到走至翠鸟客栈后的小巷里，他们也未曾遇见一人。到了厨房，狄公才突然觉得自己饿极了。"你吃过晚饭了吗？"他问。凤儿点点头。狄公从橱柜中拿出一只装有冷饭的木桶和一盘酸李子，咕哝道："记在账上再说！"凤儿咯咯地笑了起来。穿过大厅时，他们听到兵器发出的哗啦声，是士卒在值岗。他们踮起脚尖，蹑手蹑脚地上了楼，在他房门口分手。

狄公点亮蜡烛，换上干净的睡袍。他很高兴地发现，壶中的茶还是温的。他在桌旁的椅子上坐下，给前臂上的伤口换了药，之后将饭桶的木盖当作盘子，把冷饭和酸李子拌在一起捏成饭团，一边喝着茶，一边津津有味地吃着简单的行军饭。"充实"一番后，他从靠墙的桌子上拿过葫芦，倚在床上，双肩恰好靠在立起的枕头上。他一边慢慢理着葫芦上的红缨带，一边井井有条地清理自己的思绪。

项链一事目前已显露端倪，叫人作呕。宫中的密谋者们想加罪于康郎将，让他当不成驸马，同时让三公主回到京城皇宫后不能自主自身的情感。凤仙夫人说过，宦官总管及苑总监有可能知晓此事的内情，可还有位地位显赫的官员，那便是康郎将。他对他的情况知道得实在是太少了，只知公主爱上了他，还有苏校尉敬佩他。可公主和苏校尉对他的了解也都是片面的。宫中的密谋者曾暗示，康郎将有个相好。表面上看，这似乎是对他的恶意中伤，可从另一角度看，他的对手是老于世故的阴谋家，按常理，他们不会无中生有，仅会添油加醋，歪曲事实。因此，他不能排除康郎将确有一位相好的可能性。康郎将未偷项链并不能证明他不知此事内情。

兵家言，将计就计。那日晚间，康郎将和公主待在一块，他们或许曾一起站在窗台旁，或许在穿过月门到隔壁房间去之前，公主将项链放在身旁的桌子上，要这样，泰明只需将手伸进窗子便能拿到那串项链。会不会是康郎将和泰明串通好的？

狄公很难确定到底是宫中的哪一帮人想除掉自己。凤仙夫人派到翠鸟客栈叫他的那几个人穿的是宦官总管手下人穿的黑衣，而那些将其带到林中意欲谋杀他的人，穿的也是黑衣，而那些想抓他的人穿的则是苑总监手下穿的衣服。但这些都不能说明什么，因为宫中雇用他们的那个人未必是他们的顶头上司，包括康郎将在内。

　　当然，已没法查出那位姓郝的神秘人物。与宫中幕后指使者有直接关联的唯一线索，乃是在项链被窃那天晚上宫中所发生的诸般异常变故。他提醒自己，能否以及何时利用公主所给的特权，于宫中进行正式调查。

　　他双手紧抱葫芦。这些想法并未给解决关键问题带来一线光明。究竟泰明在偷走项链后干了些什么，在东边路口被郎刘的人抓住之前他又做了些什么？或许他应该从头再来，从泰明偷盗项链的缘由开始。郎刘被杀之后，狄公感到非常沮丧，他发现自己对泰明动机的推断是错的，因为魏夫人根本就没去十里村。可现在，他确信自己的推断是正确的。凤儿说过，泰明深深爱着魏夫人，狄公也向她打听过魏夫人的品行，他相信凤儿说的关于泰明的话全是真的，因为他们是同龄人。泰明定已知晓魏夫人想离开她吝啬的丈夫，故而对她说自己也想离开，并让她先到十里村去，过后他会到那儿去找她，帮她找个地方安顿下来。泰明希望能说服她，与自己结为合法夫妻，成个家。为此，他需要钱。能说会道的郎刘对他许以厚利，可精明的泰明也许早已知道郎刘在欺骗他，因此他决定不把项链交出来。凤儿曾把泰明说成是个头脑简单的年轻人，他或许未曾细想偷盗宫中宝物意味着什么，与一般人认为的那样，宫中宝物如山，丢失一件东西并不会引起注意。

魏夫人没去十里村也说得通。她答应过泰明在那儿与他见面，可她只是想戏弄他，让他死了这条心。实际上，她却与另一人私奔了，尽管眼下不知那人是谁。泰明或许认识那人，而且没准在宫中回来的路上遇见过他。然而，这些细节皆不重要，因为不管泰明遇到的是谁，他都没把项链交出来。如果他交出去的话，郎刘的手下拷打他时，他定会说出那个人。他没这么做，是因为项链确实在他那儿，而且存有活下来找回那条项链的希望。

狄公举起葫芦，仔细端详。他记起葫芦大师说过的"空"之要义。为了找到泰明藏项链的地方，他必须让自己"空"起来，把自己当成是泰明，当一回翠鸟客栈的账房，过一回他过的生活。狄公闭上了眼睛。

他想象着自己坐在楼下大厅柜台后的一张高凳子上。尽管吝啬的掌柜付给他一点点钱，可他从早到晚坐在那儿，唯一想的事情就是在河边尽情钓鱼。但是，只有客栈生意冷清时，他才能去钓鱼。不过，每日都有令他开心的事，那便是见到心爱的魏夫人。这位掌柜娘子定是常常出现在大厅内，因为听九云客栈的掌柜说，她对客栈的经营很投入，因此泰明也必定会抓住每一个与她搭话的机会。但这样的机会不常有，因为掌柜会要他在柜台边忠于职守，经常清理一下账本与账单，用算盘算算钱的总数，并用红墨水记在……红墨水！

狄公睁开双眼。有一点值得注意，泰明用红墨水标明去十里村的路线，这图必定是在账房的一个抽屉里，为了便利顾客，它必须就在手边。阁楼泰明的房中，不可能有红色的墨块，也不可能有磨墨的砚台，那便是说，他是坐在柜台边画那路线图的。老天，那是答案吗？他坐起身来，将葫芦放在床上，焦心地用手抓着自己的脖子。他决定亲自去看一看。

狄公来到走廊，小心翼翼，不让地板发出嘎吱声。大厅里光线昏暗，只有柜台上方亮着一盏灯。那伙计已把东西整理干净，只剩下一块大砚台、一块墨和一支仅有几根毛的毛笔。狄公见账房坐的高凳右侧有两个抽屉。他拉开上面的一层，里面装有客栈的登记簿，一罐账房用来贴账单的棕色树胶，一个刻有"收讫"字样的木印及红印台，还有一捆空白信笺和信封。他迅速打开第二个抽屉。没错，算盘边有一些红墨，一个可浸湿红墨的笔洗及一支红毛笔，还有一个平底钱盒，里面当然空无一物，因为魏掌柜在打烊前从不会忘记将其倒空。要在白天，盒子里定会装有许多钱。他绕着格子屏风兜了一圈，魏掌柜彻底翻寻过的那只大衣箱依然放在地板上，盖子是盖好的。他掀起箱盖，里面什么也没有，没有袍子，也没有那件红色上衣。

狄公在魏掌柜桌后的那张椅子上坐下。这桌子放的位置颇为讲究，坐在此处，透过镂空的格子屏风，魏掌柜不仅能看到整个大厅，还可看到柜台上的情况及所有进出客栈的人们。行，路线图问题总算解决了。

还有最后一个问题，即项链究竟在何处。他相信，定在这翠鸟客栈里，只有在账房小而枯燥的日常生活圈内，方可找到解决之道。他再将自己想象成泰明，坐在柜台后高高的凳子上，在魏掌柜的监视下干活。他把登记簿给新的客人签字，离去的客人向他要账单。之后，他把租出房间的各种账目及其他开支合在一处，用算盘把它们加起来，把金额用红墨水记录在账单上，最后用棕色的树胶把这账单粘贴在前一天的账单上。他将客人付的钱放入第二个抽屉的钱盒里，接着在账单上按上"收讫"的印章，随后……

　　猛然间，狄公坐直了身子。他紧抓住椅子的扶手，把所有的情况在脑中快速过了一遍。对了，找到解决的办法了！他身体往后一靠，用手拍打着前额。天哪，他犯了一个断案者最为严重的错误，因为他忽略了一个显而易见的问题！

十八

厨师养鸡场里的鸡叫声把狄公吵醒了。他慢慢地起床,每动一下,发硬的肌肉便会疼痛不已。他皱着眉头,伸手在空中打了几拳,将血脉气息调理一番,随后穿上前一日晚间穿的那件黑长袍,再戴上那顶小弁帽。那叠起来的黄色密旨,他把它纳入了衣袖。

狄公朝楼下走去。他惊讶地发现,十几个羽林军士卒正在大厅里徘徊。苏校尉手下的高个子队正靠在柜台上,正悠闲地与掌柜一起喝茶。刘队正走到狄公面前,行了个礼,淡淡一笑,说道:

"医生,据巡夜官报告,昨日深夜有人叫您去接生,我想生的是个男孩吧?"狄公点点头,他又说道:"我很替孩子的父母感到高兴。记得当年我得知第一个孩子是男孩时，不知有多高兴。"他摸了下鼻子，这是从苏校尉那儿学来的习惯动作。

"嗯，苏校尉告诉我说，今日早上您要做的头一件事就是要见他，于是就让我来接您。适才我们看到外面有四个人——这回穿的不是灰袍，而是黑衣。当下，街上各色人等繁杂，故而苏校尉觉得还是让我们护送您的好。您知道，苏校尉不想您有麻烦。"

"谢谢。我们上路吧，找有急事跟苏校尉商量。"

来到门廊，他见九云客栈门前有四个黑衣人正在和那胖掌柜讲话，那掌柜看上去比以前更忧郁了。见狄公出来，他们便从街对面走来。恰巧此时刘队正和他的手下从门内出来，那四个人便又回去了。

狄公和刘队正进门时，苏校尉正津津有味地吃着一大碗面条。他放下筷子，想站起身来，狄公却赶忙说道：

"别站起来了，情况万分紧急。首先，非常感谢阁下的及时护送。其次，我要借贵衙权当一回钦差府，请吩咐供奉圣旨。"他从衣袖中拿出那张黄色密旨，端奉在桌上。

苏校尉对那黄纸瞥了一眼，忙站了起来，几乎把椅子都弄翻了。"这个，大人……我的意思是说，钦差大人阁下，在下……"

"快准备吧，苏校尉，让能干的刘队正给我拿上等的黄缎来！"

苏校尉和刘队正一起冲出去下令。随后圣旨将被供于衙门大堂之上，意味着钦差在此。但见层层羽林军警戒起来，镇上居民都关上门窗，不得出门。

刘队正先回来。狄公先将圣旨抚平，接着用黄缎包好。此时苏校尉走了进来，回禀各项事务均已办妥。

"好，苏校尉，你马上骑马进宫，将皇上的圣旨交给康郎将，并与他一起去见苑总监。告诉他们说，奉旨特命御史令他们二人即刻到此，不得带侍从，在楼下大堂外听候召见。我原本还要见宦官总管，但依照宫中规定，他不能出宫。告诉他们，这一切皆须秘密行事，而且你必须亲自负责，保证无论是康郎将还是苑总监，均不能毁掉或派人毁掉他们各自府内的任何公文及记录。另外告诉他们，钦差很关心凤仙夫人的病情，他相信宫中的御医能将她治好。把我的身份公文还我！"

苏校尉打开抽屉，躬身将公文呈给狄公，狄公接着道：

"我们最好把一切都办妥当。你让苑总监为你提供一套御史的官服、官帽，这样省得我自己去办。把他们带来之前，先将官服和官帽送来。快去吧，上午我们还有许多事要办！"

苏校尉被眼前这些突如其来的事搞得不知所措，欲问所以，可话到嘴边，又发不出声。他一边嘴里嘟嘟囔囔地说着些什么，一边伸出双手恭敬地捧起那卷黄缎包裹的圣旨，然后迅速朝门外走去。狄公对一旁站得笔直的刘队正说：

"现在，我想让你给我弄碗面来吃，刘队正！"

狄公坐在苏校尉的案桌旁用完早餐后，便让刘队正带他到楼下大堂去。

这个大堂虽没有一般衙门的公堂大，但后面有一张高案，上铺红布，边有一张供录事坐的小桌，与一般衙门倒无二致。高案后面靠墙处放着一张供案，上有一只青铜香炉，地面则是由石板铺成的。

"刘队正，把那张小桌子搬走，高案左右各放上一张椅子。给我沏一大壶热茶来！"

狄公在高案后的椅子上坐下。刘队正拿来一只青花瓷的大茶壶，待他倒好一杯茶后，狄公命他在外面候着，并吩咐道，除苑总监、康郎将及苏校尉外，其他人一概不准入内。狄公往后靠在椅子里，一边慢慢捋着胡须，一边观察着空荡荡的大堂。他想起了自己在浦阳的公堂。假如一切顺利，一两天内他便可打道回府了。

狄公喝下几杯茶后，苏校尉走了进来，将那卷黄缎恭敬地还给他。狄公站起身来，点燃香炉中的香，将黄缎供于香炉上端的小盒内。那是供奉圣旨的地方。苏校尉打开用红丝缎包着的包裹。

狄公脱下头上的弁帽，换上黑丝绒制成的有双翅的官帽，帽上有金色饰品，表明他身份显赫。穿上宽大的官袍后，他重新落座，告诉苏校尉要召见苑总监与康郎将。

两扇大门打开，苑总监大步跨了进来，他身穿绣着金色图案的蓝色织锦袍子，头戴一顶高帽，显得华丽高贵。跟在他身后的是康郎将，身穿金色铠甲，前胸及双肩上有精雕的饰片，看上去光彩照人。两人躬身行礼，康郎将金色头盔上两根色彩艳丽的羽毛碰到了地上。接着两人朝高案走去，跪倒在地。

"起来吧，"狄公打着官腔道，"这并非正式召见，故而请二位在旁边的两张椅子上坐下吧。苏校尉守在门口，别让人来打搅我们。"

他的两位客人毕恭毕敬地坐在那儿，康郎将把佩剑横放在膝上。狄公慢慢喝完一杯茶后，站起身来，道：

"蒙陛下信任，要我负责调查最近碧水宫中发生的一些异常情况，亦即三公主殿下珍珠项链失窃一事。你们二位及宦官总管在此御狩苑碧水行宫身居要职，理应对此负责。我相信，用不着我来提醒你们事情的严重性。"

两人躬身无语。

"此事我已调查清楚。目前我们必须到碧水宫去，让宦官总管请公主召见我，容我禀明情况。不过，项链失窃案碰巧与滨河镇另一起凶杀案有关，为将事情弄明白，我想先当着你们的面处理那件凶杀案。"狄公继续道："我请二位陪我到翠鸟客栈走一趟。"

十九

　　空空的街道上停着两乘华贵的大轿，每乘轿子配有十二名轿夫，轿子前后站满了全副武装的羽林军士卒，皆手持长戟。

　　狄公坐进苑总监的轿子，并示意他也坐进来。在去翠鸟客栈短短的路程中，他们没说一句话。

　　魏掌柜及十几个客人站在大厅内，急切地议论着高官们的来访。这些人中间，狄公注意到一位身形窈窕且模样俊俏的姑娘，她穿着一件珠灰色外衣，样子文静，身旁站着位模样文雅的年轻人，戴顶黑帽，腋下挟着把琵琶（外面罩着个锦缎套子）。狄公猜想，这对卖唱夫妇，就住在他下面的房间里。苏校尉及刘队正早已步行来到客栈，狄公转身吩咐道："让大厅中的人出去！让你手下拿三张椅子来，靠墙放着。"

狄公在中间的椅子上坐下，并示意苑总监及康郎将在他左右两边椅子上落座，接着对苏校尉道："将掌柜魏成带上来！"

两名士卒将掌柜带了进来。魏成张大嘴巴吃惊地望着三位大官，士兵把他按倒跪下。

狄公对他的两位同僚道："十多天前，此人报案说他妻子与人私奔了。"

苑总监不悦地扯了扯灰白山羊胡子。

"阁下，您确信卑下的客栈掌柜的丑事，真与我们有关吗？最高……"

"是的。"狄公打断了他的话头，厉声对魏掌柜道："你是个吝啬鬼，按理来说这并不算有罪，但可导致一个人犯罪。魏掌柜，你不忍心失去你的钱，也不忍心失去你的妻子。虽说你并不爱她，可她是你的财产，你不想让人夺走。你认为你的账房泰明看上了你的妻子。"他指着格子屏风，"魏掌柜，你坐在那张桌子旁，密切注意你妻子与账房的一举一动，你还在柜台旁偷听他们的谈话。当你发现那抽屉中泰明所画的路线图时，你便断定他打算与你妻子一起私奔。我认为你的结论是错的，可我没证据，因为泰明已死，你妻子也死了，十多天前你把她给杀了。"

客栈掌柜不服地抬起了头。

"冤枉呀！"他大喊道，"是那贱人离开了我，我发誓！她……"

"别再错下去了，魏掌柜！"狄公怒喝道，"你已犯了两个错，仅凭这两个错便可将你处死。你会被砍头的，因为没有丝毫证据证明你妻子通奸，可你却把她给杀了。你的第一个错，在于你总抱怨妻子花钱，故而她经常到九云客栈吃你同行给的甜食。就在你杀死她的那天晚上，九云客栈掌柜还给了她一些甜食。你的第二个错便是没毁掉她所有的衣服，这又是你贪婪造成的错误。你没把她的衣服烧掉，而是卖给了一位当铺掌柜。但是，没有一个私奔的女人会不带走她最好、最爱的衣服。"狄公站了起来。"诸位，我现在就带你们去客栈后面的储藏室。苏校尉，叫你的手下抓住此人，令刘队正一起随我来。"

狄公离开客栈掌柜办事的屋子，穿过后院。这么多衣着华丽的人在矮树杂草丛间穿行，惊得养鸡场里的几只母鸡咯咯乱叫。

狄公走进发霉的储藏室。他推开几张破椅子，踩在昨天傍晚睡过觉的麻袋上。那时爬得他满身都是的蚂蚁仍在那儿，它们大批从地上的一块破瓦中爬出，排着长长的队伍，爬过麻袋，消失在砖墙的一个小洞中，那处墙上有一块石灰泥已经剥落。狄公站稳后，转过身子。

苑总监将双手交叉在宽大的衣袖中，脸上高傲的表情明显表明，他不赞成此举，却只能服从钦差的指挥。康郎将以疑惑的目光瞥了一眼苏校尉，苏校尉则抬眼看了看刘队正，而刘队正双眼紧盯着狄公。两名士卒挟着魏掌柜站在门口，眼睛望着地面。狄公指着麻袋上方的墙壁说道：

"有人动过这垛墙，不过手脚不麻利。刘队正，到厨房取柄榔头和铁锹来！"

他若有所思地理着自己的胡了，发现砖块间新涂上去的白石灰泥，昨晚光线很差，居然逃过了他的眼睛。他低头望着曾绊倒过他的那只袋子，显然里面装过白垩。回想当时睡在此地时的噩梦……他疑惑地摇了摇头。

刘队正刚撬开几块砖头，一股恶臭便弥漫了整个屋子。苑总监赶紧往后退去，并用袖管捂住鼻子和嘴巴。刘队正将铁锹用力一撬，一大块砖块"哗"地落在地上，客栈掌柜转身想跑，两名士卒紧紧抓住他的双臂。

墙洞里站着一具女尸，身着蓝袍，衣服上涂有白垩和灰泥，头歪倒在胸前，蓬乱的长发披散下来。当那尸体慢慢倒下时，客栈掌柜尖声叫了起来。

狄公弯下身子，一声不响地指着地上两块沤馊的甜食，那是从她的衣袖中掉下来的，上面挤满了黑压压的蚂蚁。

"魏掌柜，我知道你没有充足的时间作案，"他冷冷道，"但不检查一下她的衣服便把尸体埋入墙壁中，实在是个大错。甜食引来了蚂蚁，那些勤快的小虫又为我提供了你掩埋尸体的线索。从实招来，你是如何杀害你妻子的？"

"那……那是在吃晚饭的时候，"魏掌柜低着头，结结巴巴地说道，"所有的仆役都在房里忙着招待客人。就在我办事那屋子，我把她勒死了，随后把她背到这里……她……"他开始抽泣起来。

狄公道："苏校尉，你即刻呈文指控魏成的谋杀罪。刘队正，你负责将人犯关进牢里。"说完，他转过身，示意其他人随他出去。经过大厅时，他指着柜台说：

"苏校尉，把那两个抽屉拿出来，带到大堂去。记住，里面所有的东西都要原封下动！各位，我们现在回衙去吧。"

坐在轿子中，苑总监忍不住开口道：

"非凡的推断，阁下。可这毕竟只是件下层的凶杀案，与我们宫中发生的事又有何干系？"

　　"大人不久便可知晓。"狄公平静地答道。

二十

　　回到衙门大堂，狄公命苏校尉将两只抽屉放在高案上，又叫他去弄一大碗温热的碱水和一块柔软的白绸来。

　　狄公在高案旁坐下，倒了杯茶喝。三个人一声不响地等着，直至苏校尉回来。待苏校尉将一只瓷碗和一块丝绸放于案上后，狄公道：

　　"现在，我要说明项链之事了。翠鸟客栈的账房泰明确实偷走了项链，他是受暂住此镇的一个歹人指使的。"

　　康郎将站起身来，紧张地问道：

　　"阁下，项链是如何被偷的？"

　　"那歹人背后的主使者口授机宜，教这位账房如何从室外偷到项链，亦即游过那条护城河，来到西北方向的瞭望塔，接着沿北墙脚突出的木架向前，攀过宫墙，来到公主的卧室旁，那项链恰好放在月门左侧的桌上，那窃贼伸手便能将它取走。我想，康郎将，为安全起见，你须即刻采取措施，以防类似严重情形再次发生。"

康郎将躬身称是，心下松了口气，身子往后靠在椅子上。狄公继续道：

"偷到项链后，泰明决计不交给那个雇他的人。他想自己留下，以便日后将珍珠一颗一颗卖掉。"

"可恶之至！"苑总监恨恨道，"亵渎圣上！那盗贼该被……"

"泰明是个头脑简单的小伙子，"狄公平静道，"并不知道这样做会有什么后果。他只想要钱，以便能获得一个女人的青睐。当时，他深信她正在附近的一个村里等着他。我们也无须过分指责他，他的生活平淡无奇，渴望爱与幸福。许多人皆有这般梦想。"狄公一边捋着胡子，一边扫了一眼康郎将毫无表情的脸，接着严肃地说道："从宫中回来后，泰明回到翠鸟客栈，不多一会儿便骑马离开，可在路上便遭到指使他偷盗的那伙歹人的袭击，当他说未曾偷到项链后，便遭严刑拷打，还未来得及说出藏项链的地方就被打死了。苏校尉，现在我想听听你的证词。"

苏校尉立刻跪倒在地。

"将泰明从河里捞上来后，你把从他尸身上找到的东西说给大家听！"

"大人，他只穿了件外衣。从他的衣袖里我们发现了一叠名刺、一卷本地的地图、串在一起的三十二个铜钱、还有他平日使的算盘。"

"行了，苏校尉。"狄公将身体前倾，继续道："诸位，泰明想出一个简单而又十分有效的藏项链的方法。他扯断项链，将一粒粒珍珠藏于账房每日都要用的一个物件中，这是谁都想不到的。请看这东西！"

他从面前的抽屉中拿过算盘，举在空中。

他那两个客人俱以疑惑的目光瞧着那算盘。狄公拆开算盘的木框，让深褐色的珠子从小竿子上滑入那只瓷碗中，随后摇晃那碗，让珠子在温热的水中上下翻滚。他边摇碗，边又说道：

"他先在珍珠外表涂了层棕色的树胶，就是账房用来粘账单的那种树胶，接着换掉原来的木珠，将涂过树胶的珍珠换上去。这种树胶黏性很强，即便在水中浸上一个夜晚也不会溶解。这碗温热的碱液便能证明这一点。"

狄公从碗中取出两颗珠子，用丝绸小心翼翼地把它们擦干，然后放在手心里，让他们看——两颗精美的珍珠，发出晶莹微弱的白光。他庄重地说道：

"诸位，这只碗中放的便是宫中项链上的珍珠。待会儿我便让你们知道所有八十四颗珍珠是否都在此处。苏校尉，拿丝绳与针来！"

苑总监双眼盯着那只碗，薄薄的双唇紧闭着。康郎将镇定地望着狄公毫无表情的脸，双拳紧握着横放在膝盖上的剑。

一眨眼工夫，苏校尉便回来了。他站在高案旁，将珍珠一颗颗擦净，粗粗的手指灵巧地把它们串起。狄公数过项链，发现一颗未少，便把它纳入衣袖，接着说道：

"那帮给泰明搜身的歹人甚至剖开他的肚子，可他们却从未多看这算盘一眼，因为人们总以为账房该随身带着算盘，可没料到这是藏项链的最佳之处。"

　　苑总监谨慎地问道："如果算盘是在死者身上发现的，又怎会回到客栈的柜台上？"

　　狄公不悦地看了他一眼。

　　"是我把它放回去的，"他简短地答道，"当时我并不知它是什么，因为那时我还不知项链丢失一事，但事后我确实该记着这点。我很晚才发现这一事实，还算及时。"狄公站了起来，转过身，对着靠墙的供案躬身施礼。他双手捧起那卷黄缎，对苏校尉道："你现在回客栈去料理那儿的事务。"又对另外两人说："我们到碧水宫去。"

　　一队人马刚走过护城河上那座宽阔的大理石桥，巨大的碧水宫门便打开了，轿子被抬了进去。

　　第一个院内，站着两排羽林军士卒。狄公把头探出轿外对队正道：

　　"前天夜里我乔装成医生梁谋离开此处时，有人从我坐的黑轿中取走了我的剑。你马上去找，剑身上镌有'雨龙'两个金字。"在队正行礼之际，狄公对苑总监道："现在，我们直接到你府衙去。"

　　他们在高高的大厅前下轿。狄公对康郎将做了个手势，便走了进去。在苑总监的桌案旁，他的师爷正与三位侍臣柔声地说话，一见他们进来，即刻便跪了下去。狄公把那卷黄丝缎塞进袖内，说道：

"起来吧，将凤仙夫人的情况说来听听！"

师爷站起身，躬身深施一礼。

"大人，御医说凤仙夫人患的是突发性脑病，在这炎热而潮湿的天气是很罕见的。给她服过镇静安神的药剂后，她便昏睡过去了。现在已经好多了，可从御医处搬回公主那儿去了。"

狄公点点头。"文案密柜在哪儿？"

师爷犹豫了一下，但狄公看到他向挂在墙上的那卷花卉长轴瞥了一眼。狄公走了过去，拿开画，指着嵌在墙中的一只铁箱，对苑总监命令道："把它打开！"

坐在高高的书案旁，狄公仔细看着密柜中的一卷卷文案，慢慢捋着自己的胡须。他发现，这些文案有的涉及个人隐私，还有些重要的文案是关于碧水宫的管理，并未发现涉及三公主的隐私，也未有关于项链的谋划。他站起身，将文案放回柜中，并示意苑总监把它锁起来。

"康郎将，带我到你的府衙去。苑总监大人请一起前来。"

康郎将的府衙内简洁明净，窗外是一个宽敞的院子，一些羽林军士卒正在那儿练习射箭。康郎将打开铁制的密柜后，狄公仔细地察看里面的一切，又是一无所获。他将双手背在身后，对康郎将道：

"四日前，碧水宫内直到深夜还有骚动。我想知道是怎么回事，康郎将。"

康郎将拉开桌案上的一只抽屉，从中取出一本大记事簿，放在狄公面前。每一页都被整齐地分成若干格子，标明值岗的职责。他一页页翻阅着，查翻到要找的日期，又看了写在边上的简短批文。

康郎将抬起头，说道：

"那日午夜时分，宫中西北角第六个院子中的一个楼顶突然着火。那时我正在宫中别的地方，可我的副手立刻派了一队人马到那儿，毫不费力便把火扑灭了。宦官总管似乎也看到了火光，还下令要将整个地方警戒起来，以确保飞扬的火花不会飘到公主殿下的住处。我的手下给西、北两处城垛上的哨兵下了必要的命令。午夜过后，他们才各自回到原先的岗位。"

"可有证据？"

康郎将又翻过一页，上面贴着一张红纸条，有宦官总管的印章，还写有几句潦草的批示。

狄公点点头。

"诸位，我们现在一起去宦官总管的府衙。"

奉旨特命御史到来的消息早已传遍了宫中各处。宦官总管府衙的哨兵打开了大门，见三位官员到来，那位胖胖的宦官赶紧从室内出来迎接。他伏倒在地，跪唱圣恩。

"你们在走廊等着，"狄公对他的两位同僚道，"我进去请总管大人允许我等过金桥。"

他敲了敲饰金的门，未见回答，便径自走了进去，并随手关上身后的门。

堂皇的书房内空无一人，窗台上兰花的幽香夹杂着旧书的霉味。狄公朝屋外望去，那老宦官正站在花园中的一块大石旁，穿着一件素色的长袖晨袍，头上戴着一顶薄纱官帽。狄公来到花园，走在蜿蜒曲折的小径上，路两旁有几个小金鱼池与花圃，几只小翠鸟在沾有露水的绿叶间欢快地鸣叫着。

宦官总管转过身，抬起沉沉的眼皮望着狄公，说道：

"狄大人，一夜间出现了奇迹！你看，这罕见的花突然开了！看这形状精致的花瓣，还有这柔和的颜色！这是我派专人从南方弄来的，我亲自照看了三个月，可从未奢望它会开花呀！"

狄公向手掌般大小的兰花俯过身去。花开在花木的凹处，倚在一块岩石旁，黄色的花瓣上有紫色的斑点，给人以狡黠的印象。兰花散发出淡淡的却很诱人的芳香。

"我想我从未见过这样的花。"狄公一边直起身子，一边说道。

"而且你再也不会见到这样的花。"老宦官低声说道。他用长长的指甲掐断花茎，把花放在鼻子底下。他一边慢慢地前后挥动着花，一边继续道："狄大人，前日你来此地，我便知你不会只是个行医的医生，因为看见我及我身后站着的刽子手，你该吓得瑟瑟发抖，甚至匍匐在地才是。可相反，你却镇定自若地与我说了番意味深长的话，就如你我地位相等一般。狄大人，下次乔装打扮时，可要装得像一点！"

"你一心想除掉我，"狄公答道，"可我总是很幸运。我马上便要将公主的项链完璧归赵了，请你让我等过金桥。"

老宦官瘦弱的手摆弄着那朵兰花。

"狄大人，请别误会。不错，我确实想得到权势，谁知道了皇上见不得人的秘密，谁就能拥有无限的权力。可我另有不同的，且更强烈的愿望。狄大人，我想让三公主永远留在我身边，我想温柔地照看她，就像照看这朵花一样。我想能每日见到她，听到她那可爱的声音，知道她做的每件事……可现在，她就要遭

宦官总管摘下那朵罕见的兰花（高罗佩 绘）

到一个如野兽般野蛮的士兵的蹂躏……"

突然，他用爪子般的双手掐碎兰花，随后将其扔在地上。

"我们进屋去，"他粗鲁道，"我有许多慢性病，到了该吃药的时候了。"

狄公跟着他走进书房。

老宦官坐在宽大的精雕细刻的椅子上，打开一只抽屉，从中拿出一只水晶小葫芦，葫芦上系着根红丝带。就在他要拔出盖子的时候，狄公上前一把抓住那只易被折断的手腕，简短说道：

"罪恶阴谋必须粉碎！"

宦官总管松开药瓶。他按了一下刻在桌边图案中的一朵花蕾，一只小抽屉伸了出来，他从中取出一个密封的信封，交与狄公，同时，薄薄的发青的嘴唇露出蔑视的讥笑：

"把他们折磨死，一个都不要放过！连他们的鬼魂也要做我的奴仆，来世还要做我的奴仆！"

狄公打开信封，看着每一张纸条。每张纸条上都写着一个名字和官阶，以及日期和钱款的数目，字体相同，都是修长的笔迹。他点点头，将信封塞入衣袖。

老宦官拔掉水晶小葫芦上的盖子，将无色液体倒入杯中。一口喝掉后，他把身体往后靠在椅子上，青筋突起的双手抓住椅子的扶手，闭上原来便半睁半闭的眼睛，急促地喘着气。接着，他松开抓着的双手，捂住自己的胸口，虚弱的身子开始剧烈地颤抖起来。蓦地，青色的双唇动了：

"我允许你过金桥。"

他的头耷拉到胸前，双手软软地垂在膝盖上。

二十一

　　苑总监与康郎将在外面的走廊上不安地等待着，两人谁都不说话，而那位胖宦官仍然跪在那里。狄公从屋里出来，他把信封递给苑总监，说道：

　　"信封中有所有密谋参与者的详情。你回去即刻将主犯擒拿，彻底审问。

　　康郎将，你随我来，我已获宦官总管的许可，可以通过金桥。"狄公接着对那位胖宦官说："带路！"

　　三人来到桥下，胖宦官敲了敲一根大理石柱子。不多一会儿，桥对面的宫殿中走出四位宫女。狄公和康郎将过了桥。狄公告诉宫女，奉旨特命御史求见公主。他们被领进一间偏房，在那儿等了很长一段时间。显然，公主还在梳妆。

终于，两名宫女前来，领狄公及康郎将穿过外面的走廊，来到宫中东端一红漆柱子支起的凉台，由此处可看到通往山里的整片林地。三公主站在最远的那根柱子旁，手持团扇，身后站着一位上了年纪且样子虚弱的女官，灰白的头发从高高的前额梳向脑后。狄公和康郎将跪下参见。

"狄卿，免礼平身！"公主嗓音清脆地命令道。狄公双手举着那黄缎包着的密旨站起，康郎将仍跪在那儿。"微臣不才，托圣上洪福，未辱使命，现恭请殿下收回此旨。"

公主用扇子示意了一下，那位夫人走上前来。当她从狄公手中接过密旨时，狄公发现她手腕上带着的那只白玉手镯上雕着一条龙。

"微臣甚觉荣幸，能将珍珠项链奉还殿下。正如微臣头一次见到殿下时殿下所暗示的那般，此贼不是宫中之人。"公主伸出手，狄公躬身将项链交与她。她用手指抚弄着项链，对狄公说着话，眼睛却望着康郎将：

"狄卿，你倒说说看，我对你说的最后几句话是什么。"

"殿下令微臣将项链找回。殿下道，此举是将殿下的幸福交与微臣手上。"狄公道。他发现公主脸上光彩照人，神情坚定。

"郎将大人，现在你可知道了。我们不久又要见面了，且是红烛高照之日。"

康郎将起身向她走去，闪动的目光和公主的目光碰在一起。一旁的凤仙夫人望着这美满的一对，疲乏的脸上露出温柔的微笑。狄公立即悄无声息地朝门口走去。

两位宫女将他领至金桥，胖宦官正在一旁等着。当他恭敬地把狄公领到宫门口时，狄公对他道：

"去看看你们总管吧，我想他病了。"他钻进轿中，令护卫带他到苑总监的府衙去。

走廊里站满了羽林军士卒和身强体壮的黑衣人和灰衣人，他们手臂上都佩戴着写有"特"字的臂章，个个全副武装，见狄公过来，皆跪倒在地。苑总监正伏案工作，桌上堆满了薄纸片。苑总监抬起了头。

"阁下，主犯已全部抓获！非常遗憾，我手下中也有人牵连其中。阁下，该如何处置宦官总管呢？没有证据我们不能抓他……"

"宦官总管犯心疾死了。"狄公插话道，"查案的时候，你须特别留意一位自称姓郝的以及他的同党，昨晚他在翠鸟客栈杀了郎刘，一定要将他们严办。"

苑总监躬了躬身，指着自己平日坐的椅子，说道："阁下请坐，我向阁下解释……"

狄公摇摇头，脱下官帽，小心地放在桌上，接着戴上他那顶弁帽。他又脱下钦差官服，放在那顶官帽边。

"下官已请公主收回圣旨，自现在起，我只是浦阳县令。大人，我将一切交给您来办。"

苑总监锐利的双眼紧盯着狄公。

"你是说你不想利用这次机会……难道你看不出来，若你要求，你便可在京城谋得高位？我乐意向你提议……"

"大人，我只想回到我原来的岗位去。"

苑总监久久地望着他，随后摇了摇头，来到边上的一张桌旁，拿起桌上的那柄剑，递与狄公。这是狄公最喜欢的雨龙剑。狄公将剑背在身后，苑总监庄重且严肃地说道：

"你对浦阳晋慈寺中和尚的严厉处置，激怒了朝中的亲佛派与你为敌，而现在你又得罪了有权势的宦官派系。狄大人，我想让你知道，在朝中有许多痛恨你的人，可也有值得信赖的朋友，包括我在内。"

他薄薄的双唇翘起。这是狄公第一次见到苑总监的笑容。他躬身施礼，接着便向门外走去。门口的队正问他要不要轿子，狄公说他想要一匹马。一道道门被打开了，他骑马驰过大理石桥。

二十二

　　进入松树林，狄公感到暖融融的阳光照在背上。他知道天已近晌午了。他深吸一口新鲜空气，觉得离开忙乱的温室般的碧水宫，真是不赖。他挺起胸膛，想到天子的尊严得以保全，甚是自豪。宫中总存在着各色阴谋，在如此大的帝国里，是没法避免的，但是只要天子安然在位，天下便能太平。他继续骑马前行，马蹄踩在铺满厚厚松针的路上，没发出半点声响。

　　突然，他勒住缰绳，拐角处来了葫芦大师。他正弯腰坐在驴子上，驴子臀部交叉放着一副拐杖，那葫芦用一根红缨带挂在他的腰带上。老头停下坐骑，浓眉下的双眼打量着狄公。

　　"县令大人，很高兴见到你戴上那顶弁帽。贫道知晓那有红印的黄纸片不会改变你的个性。你的葫芦呢？"

"我把它留在翠鸟客栈了。大师，离开滨河镇之前能再次见到您真是不胜欣幸。"

"县令大人，这是第三次，也是最后一次。如周遭世界一般，人的生活也是轮回不已，我们只能短暂相遇。宫里的情形如何？"

"我已将令爱的项链还给她了。我想，不多久她便要跟康郎将订婚了。你究竟是何许人，葫芦大师？"

"我是，嗯……"老人抱怨道，"既然你知道这般多，不妨就告诉你吧。多年前，贫道乃是个将军。当年，贫道北上与鞑靼人作战，因而抛下未婚的妻子，那时她已怀了我的孩子。在最后一次交战中，贫道身负重伤，因坐骑被杀压断了贫道的双腿。贫道成了野蛮鞑靼人的俘虏，成了他们最下贱的奴隶，达十五年之久。贫道曾失去活下去的信心，一度想自杀，可一想起她，贫道还是活了下来，尽管日子很悲惨。可当贫道逃回中原时，那女子已经死了。在贫道刚离开中原后不久，她便被选为皇后，且生下一女。正如你猜到的那样，那是贫道之女，可依据宫中记载，她是皇帝所生的孩子，因为那些宦官害怕因未曾查明她不是处女而受到惩罚。

县令大人，此事让贫道看清了尘世之爱的'空'。于是，贫道便出家成了一名云游四处的道士，这世上唯一让我牵挂的便是女儿的幸福。"他沉默了一会，不情愿道："贫道本名为欧阳沛汉。"

狄公缓缓地点了点头。他曾经听说过那位著名的威风八面的将军，他阵亡的消息曾令举国上下感到悲伤。那是二十五年前的

狄公三遇葫芦大师，也是最后一次相遇（高罗佩　绘）

事了。

老头继续道：

"葫芦只有被挖空后才有用，因为只有这样，它的外壳才能被当作容器。人亦如此，县令大人。只有当所有的希望和幻想破灭后，我们方能对别人有用。大人，也许要等你再老些才能体会到这点。我在树林中遇见你时，便认出你来了，因为我听别人说我们外貌很相似，而且我还感觉到了你个性的力量。碰巧我们随身带的葫芦第一次便把我俩联系在一起，自然而然地把我们的关系确立为医生与游方道士。如今，虽然我仍坚信无为，可当时我想，我不妨再铸一条因果之链，于是便让我女儿去找你。后来，我只是让一切顺其自然地发展下去。大人，现在你最好把我给忘了，免得将来还会想起我。对不知情者而言，我仅是一面铜镜，会让他们撞头；可对知情者来说，我是一扇他们能进进出出的门。"他喊了一声"驾"，那头驴便向前跑开了。

狄公望着他远去的身影，直至消失在树林中，方骑着马，朝滨河镇方向而去。

翠鸟客栈的大厅里空无一人。听到格子屏风后有声响，他便走过去，发现苏校尉正坐在掌柜的桌子旁一边忙着写什么东西，一边跟站在他椅子边的凤儿说着话。见狄公过来，苏校尉赶紧站起身来。

"大人，我在帮凤儿姑娘抄写东西，"他有些尴尬地说道，"您知道有许多表格要填，我想……"

"不赖呀，苏校尉，我要感谢你对我的信任和帮助。真是失礼，我未能帮你设计出一个防备不速之客打扰的办法。"

苏校尉的样子看起来很窘。

"当然，大人，你的意思是说，我不该……"他期期艾艾道，接着又很快地说道："大人，您的两位随从刚到此地！他们来登记的时候，我让他们到九云客栈去了。我去看一看！"他朝大厅跑去。

凤儿冷冷地看了狄公一眼。

"你和你的三个妻子！老天哪！作为奉旨特命御史，你必须行座闺楼，里面全是女人！"

"我不是御史，只是个普通的地方官，而且我确实有三个妻子。"狄公平静道："对不起，我不能早点对你说，我假扮医生是出于无奈。"

她脸上又露出了笑容。

"不管怎么说，我们在水上有过两次愉快的旅行！"她说道。

苏校尉回来了。

"大人，我看见他们在九云客栈的大厅内。"

"好，我到那儿去跟他们一起吃午饭，随后便会离开此地。祝二位快乐幸福。"

他再次快速回到大街上。

九云客栈的大厅里，那位胖掌柜斜靠在柜台边，脸色发青，粗而短的双手抓着自己的肚子。他责备地看了狄公一眼，狄公打柜台上的笔筒里取过一支毛笔，开了个药方，推到胖掌柜面前，说道：

"这是免费的。每次吃完饭后服药，要常吃，但每次只能服一点。别喝酒，别吃油腻和辛辣的东西，也不能吃糖！"

他发现马荣和乔泰正坐在靠窗的一张桌子旁嗑着瓜子。见他过来，两个大个儿跳了起来，晒得棕色的脸上露出了微笑。

"大人，我们忙了两天，只能睡在树林里！"马荣大声道，"杀了两头野猪，好大呀！希望您休息得很好，大人！鱼钓得如何？"

"还凑合。我钓到了一条不错的鲈鱼。"

乔泰担心地看了看狄公憔悴的脸。他觉得狄公需要喝上一杯，不过，他知道狄公有节制，犹豫了一阵后说道：

"大人同我们一起喝上两小杯怎样？"见狄公点头，乔泰大声对伙计吩咐道："拿两大坛上好的酒来！"

狄公坐下，回头对伙计道："拿三大坛来！"